時宮時針（ときのみやじしん）
佐代野弥生（さしろのやよい）
Illustration take

人類最強のsweetheart

西尾維新

KODANSHA NOVELS

講談社ノベルス

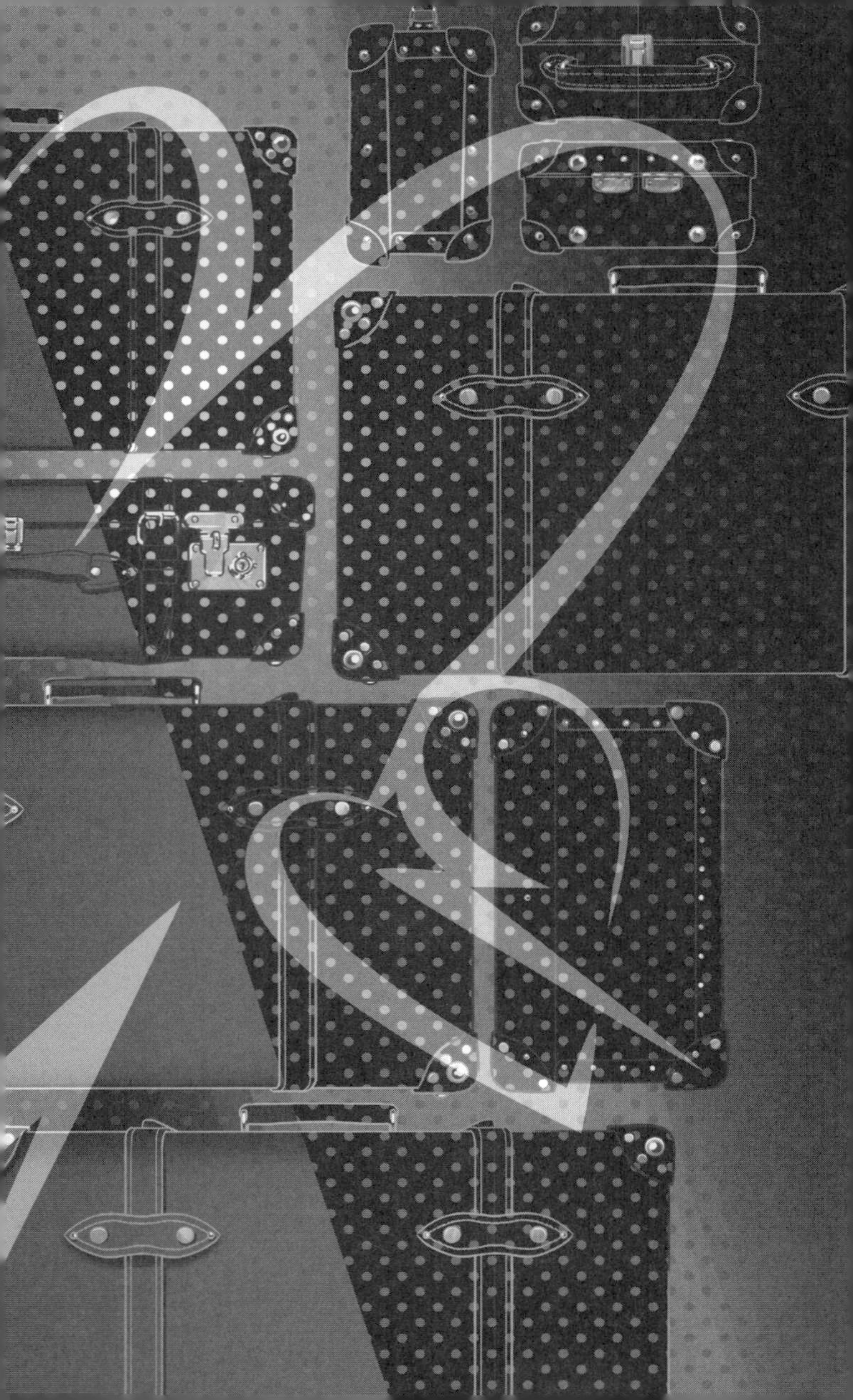

Illustration take
Cover Design Veia
Book Design Hiroto Kumagai／Noriyuki Kamatsu

人類最強の
love song

1

その昔、零崎曲識っつー音楽家がいた。音楽家である以前に殺人鬼って奴なんだけど、あたしに言わせれば、殺人鬼である以前に音楽家って感じかな？　どっちでもおんなじか。まあ、楽器を使って人を殺す、しかも少女に限って殺すっていう、基本的には開いた口がふさがらねえ、びっくりするような変態なんだが、もうとっくに死んでる変態なので、悪口を言うのはよそう。とにかく、その音楽家の、あるいは殺人鬼の、あるいは変態が手がけた楽譜が、今更のように発見されたってところから、今回の事件は始まった。

「ようこそいらっしゃいました、哀川さん。ＥＲ３システム研究所・ニューヨーク支局支局長、因原ガゼルは、人類最強の請負人を心から歓迎致しますよ」

けっ。きびきび棒読みで挨拶してくれてんじゃねーよ。よくできた機械かお前は。哀川さんって名字で呼んでる時点で、心から歓迎致してねーじゃねーか。だいたい、ニューヨーク支局支局長が、なんであたしを、ウィーンのコンサートホールに招待してくれちゃってんだよ。また豪勢なホールを貸し切りやがって。気になって見え見えの誘いに応じちまったじゃん。

「まあまあ。テリトリーではできない話というのもあるのですよ——テリトリーではできない依頼も」

あっそ。なに？　またアニメーションの副音声とか？

「あれは一回きりです。どうぞ次からは、他のかたとお送りしてください」

しれっとしたもんだね。バリバリのキャリアウーマンは違うわ——ところで、とろとろのキャリアウーマンのほうは？　今日は一緒じゃねーの？

「とろとろのキャリアウーマン……？　ああ、長瀞さんのことですか？　私と彼女は、常に業務を共にしていわけではありませんよ。共に哀川潤係ということで、アフターファイブに飲みに行く機会が多いだけで」

アフターファイブに飲みに行ってんじゃねえよ。ワールドワイドで時差がありまくりのジェットセッターどもに、アフターファイブなんて概念はねえだろ。若いお嬢さん達が、ノミニケーションかあ？

「古い言葉ですね。だいたい、原型がコミュニケーションなのですから、それをもじるのならば、ノミュニケーションが正しいはずです」

細かいね、上等だわ。ま、たまには四神一鏡を挟まずに、古巣のER3システムとサシで仕事ってのもオモシレーか。お互いいろいろあったけど、もう蒸し返すのもアホらしい、遥か昔の話だもんな。

「ところが、その遥か昔からの蒸し返しなのですよ。それで頼れるあなたに、はるばるオーストリアまでおいで願ったというわけでして」

はにゃん？　何、このポートフォリオ？　中に何枚か紙が入ってるみたいだけど。

「どうぞ、遠慮なくお目通しください」

ははあ。コピーですからって奴だな？

「いえ、原本です」

……あたしに原本とか渡すなよ。紙を見たらまず破るってタイプだぜ。

「どんなタイプですか。ええ、しかし、承知しておりますとも。ただ、まずあなたに鑑定してもらわなければ、ことが進みませんので」

鑑定？

「筆跡鑑定――ですね。なにせ、その譜面の作者と、面識のある人間が少なくて」

譜面……？　これ、楽譜か？

「ええ。ですから、正確に言うと、作者ではなく作曲者ですね――そして、更に正確に言うと、面識のある人間が少ないのではなく、面識がある上で、かつ、生き残っている人間が少ないんですけれど」

なにせその楽曲の作曲者は、鬼も恐れる殺人鬼なのですから——と、ガゼルは皮肉っぽく言った。

「『少女趣味(ボルトキープ)』零崎曲識。ご存知ですよね？」

誰だっけ？

2

誰だっけと言ってみたものの、あたしにしては珍しく、零崎曲識を割としっかり覚えていた。まあ、零崎一賊(いちぞく)の三天王のひとりと言えば、あたしでなくともご存知だろうけれど、あたしの場合は、あたしが哀川潤と名乗る以前に、あるいは人類最強と呼ばれる以前に、かの殺人鬼とかかわったという、ただならぬ縁があるからな——うーん、懐かしい。

「そうですね。それがまさしく、あなたとER3システムが戦争中の出来事でした——当時は、ER2システムでしたが」

だったっけな。あー、そうだ。話しているうちに、どんどん思い出してきたぜ。あいつとタッグを組んで、ぷに子(こ)ちゃんとバトったんだっけなー。ふふっ。今から思うとやり過ぎたぜ。

「今頃反省されましても……、よくよく考えてみたら、ER2システムがER3システムに世代交代したのも、あなたのせいなんでしたね」

なんでもかんでもあたしのせいにすんなよ。なんでもかんでもあたしのせいみたいなもんだけどさ。

「あっさり罪を認めないでください。あなたが犯人じゃ推理小説が成り立ちませんね」

で？　零崎曲識が手がけた楽譜？　いや、筆跡鑑定って言われても、あたし、あいつの字なんて見たことねーぜ？

「でしょうね。実際、彼はほとんど楽譜は残していません——遺(のこ)していません。その楽譜が発見されたのも、あるひとりのミュージシャンの、異様とも言える執念の結果です」

ミュージシャン……？　誰だそいつは？　ER3システム研究所お抱えの楽団メンバーか？

「我々の組織にお抱えの楽団なんてありませんよ。そこまであか抜けてはいません……、発見者は、外部のミュージシャンですよ。その辺りは追い追い説明しますけれど、まずは哀川さん、その楽譜を熟読していただけますか？　哀川さんなりにで構いませんので、楽譜の真贋を、見極めてください」

見極めてくださいと言われてもねえ。筆跡はわかんねーけど、んー、こうして電灯に透かして、指紋を照合してみる限り、本物なんじゃね？

「……肉眼で指紋を照合できるんですか。相変わらず、化物じみてますね」

はっ。なんならDNA鑑定もしてやろうか？　二回目にあいつと会ったときは、たっぷり血を浴びたもんだからなあ。でも、残念ながら、作風からの判断はできねえや。あたしもあの音楽家の演奏を、そんなに聞いたわけじゃねえ。

「一曲でも聞いて、まだ生きているのが不思議なんですけれどね……、殺人鬼の殺人曲を、一曲でも聞いて」

うまいこと言うねえ。殺人鬼の殺人曲か――よくわかんねーけど。ただ、仮にあたしのいー加減な指紋照合を信じるとしても、あいつが触っただけの、別の作曲者による楽譜って可能性もあるぜ。

「ですか。可能性を探ればキリがないことは承知しておりますが……、それにしても、見栄を張っているのかとも思いましたけれど、本当に哀川さんにとって、印象深い殺人鬼だったんですね。何年も前に見た指紋を、今もまだ覚えているだなんて」

DNAもな。まあ、そう妬くな。お前の指紋もこれを機会に覚えて帰ってやるぜ。

「まだ帰らないでください。そして私の指紋は覚えてもらわなくとも結構です」

つんけんしてるねえ、好きだわー。つーか、真贋を見極めたかったんなら、わざわざあたしをウィーンまで呼び出さなくてもいいだろ。なにせ、殺人鬼の殺人曲だ――演奏してみりゃ、本物か偽物かなんて判断は、一発だろ。あの『少女趣味(ボルトキープ)』の恐るべき作風は、実際に演奏してこそ、本領を発揮するもんなんだからよ。

3

「本領を発揮されたら困るのです。まだこの楽譜が、どういう効能のある曲なのかさえ、わからないのですから——仮に本物だった場合、どのような、そしてどの規模の被害が出るか、わからないのですから」

おやおや。ER3システムも丸くなったもんですな。人体実験は気が進まないってか？　例の不気味に小気味いい四大条項はどうしたんだよ——良心を持たない、こだわりを持たない、あとなんだっけ？

「我々も、時代の変化と無縁ではいられませんからね。世代も変われば時代も変わります。ルールも、規範も変わります。個人的には思うところもありますけれど、あなたのように、時代に取り残されるのはごめんですから」

言ってくれるね。そういう化石呼ばわりも、嫌いじゃねーけどな。せいぜい考古学の参考資料にしてくれや。でもまあ、ものが零崎曲識の楽譜となれば、ひょっとしたら昔のER3システムだって、慎重になったかもしれない——ER2システムとて、だ。

あいつは普通の意味での音楽家じゃなく、プロのプレイヤーとしての『音使い』だった。優美な調べをもって、人の心を動かし、人の肉体を操り、人の命を奪う。たとえば、迂闊(うかつ)にこんなコンサートホールで演奏すれば、聴衆はスタンディングオベーションどころか、全員床にぶっ倒れて、絶命してしまいかねない。この楽譜が、何を目的とした曲調なのかがはっきりしない限りは、演奏するわけにはいかない——でも、演奏しない限りは、何を目的とした曲調なのかは、不明のままだ。自家撞着(じかどうちゃく)っつーか、さながらメビウスの輪だね。

「はい。ついでに言うと、演奏したからといって、必ずしも真贋が明らかになるわけでもありません。零崎曲識の楽曲を、零崎曲識以外の者が演奏しても効果があるのか、ないのか——それさえもまったく不明ですからね」

元々零崎一賊については情報が少な過ぎるんですよね——かの一賊が全滅してからは益々です——と、ガゼルは他人事のように言うけれど、零崎一賊の滅亡に関して言うと、あれはER3システム研究所の成果のひとつである想影真心が非公式に成し遂げた偉業なので、巡り巡ってこいつにも責任の一端がないわけじゃないとも思うのだが。いや、その頃は、ガゼルお嬢ちゃんは、まだハイスクールかな？　だいたい、責任の一端とか言い出したら、あたしこそぜんぜん無関係じゃねーや。だからこそガゼルは、あたしに鑑定を依頼したんだろうけど。

「いえ、依頼内容は鑑定ではありませんよ。早とちりしてもらっては困ります——強いて言うなら、分析でして」

ってことはあれか。この楽譜の曲が、もしも零崎曲識作曲だったとして、どういう効果があるどういう曲なのかを、はっきりさせたいってことか。

「プラス、どういう理屈で効果が生じるのか。そこまではっきりさせていただければ、パーフェクトですね。高望みではありますけれど、無茶ぶりではないでしょう？　なにせ、人類最強の請負人への依頼なのですから」

そう言われると、違うとは言えないね。オーキードーキー、ようござんす。引き受けましょ。もしも聞いたら死ぬタイプのメロディだったとしたら、いつぞやの『パブリック・ブック』みてーな騒動になりかねねーけど、先手先手で分析しとけば、予防措置にもなるだろうしな。

「ええ……、正しくは『ライト・ライター』ですけどね。では、プライベートジェットを飛ばしますので、その楽譜が発見された現地で、外部協力員と合流していただいて、早速調査にあたっていただけますか？」

いいよ。で、そのミュージシャンの名前は？　あたしの知ってるアーティスト？　悲しいことに最近のJPOPには、やや疎いんだけど。

「JPOPではありませんね。そもそも、ポップとはほど遠い存在です――アングラ中のアングラですよ。なにせ、出自が『呪い名』ですから」

おっと、『呪い名』。来ましたか。

「しかも序列一位の時宮病院出身です――時宮時針。二十歳、女性です。人の心を弄ぶ操想術師ゆえに、今は亡き零崎曲識に心酔しているミュージシャンです。心酔どころか、あれはもう恋ですね」

4

零崎曲識についてもうちょっと掘り下げて説明しておくと（あたしもちゃんと知ってるわけじゃねーんだけど）、あいつは零崎一賊の殺人鬼としても、相当風変わりな奴だった――無差別大量殺人を旨とする殺人鬼ばかりが集まったかの集団に属しておきながら、自身もそんな衝動にかられながら、あの野郎は鋼の意志をもって、殺人の対象を、年端もいかない少女のみに限っていた。『少女以外は殺さない』が、『少女趣味』のモットーだった。なぜかはわからん、と言っておこう。まあだから、ガゼルが『零崎曲識と面識があった上で、生きている人間が少ない』と言ったのは、やや事実に反すると言える――あの殺人鬼に面と向かっても、殺されたのは少女限定なのだから。だからといって危険人物であることに変わりはなく（理屈から言うと、無差別大量殺人鬼のほうが少女限定殺人鬼よりもおっとろしいはずなんだが、この場合、『少女趣味』のほうが奇妙に感じられるから不思議なもんだぜ）、そんな奴に心酔しているって時点で、時宮時針ってミュージシャンも、およそまともとは言い難い――二十歳、女性だっけ？　じゃあ、零崎曲識が生存していた頃には、もろに少女だったわけだ……、当時の零崎一賊と時宮病院の関係性を思い出すと、巡り合わせ次第によっちゃ自分が殺されていてもおかしくなかったってのに、不可思議な心理だぜ。それとも乙女心と言うべきか？　そこはガゼルの言う通り、時宮の連中が使う操想術と、零崎曲識の『音使い』は、通じるところっつーか、似て非なるところがあったから、その辺の事情も絡んでいるのかもしれない。なんにしても、ＥＲ３システムに協力するなんて、時宮病院も砕けたもんだぜ。『呪い名』序列一位と言えば、往時は零崎一賊よりも忌避(きひ)されたプレイヤー集団だったはずなのにな。マジで時代は変わるぜ。

「重力のように初めまして、人類最強さん。わたしが時宮時針です——重力のようなお噂はかねがね。お会いできて光栄です。このたびは、重力と同じくらい、よろしくお願いします」

ガゼルの指示に従い、ほぼとんぼ返りをすることになった日本の某道某市で待ち合わせた時宮時針は、実際、そんなおどろおどろしさを感じさせない、可愛(かわい)らしいお嬢さんといった感じの印象だった。ここんところ、バリバリにしろとろとろにしろ、優秀なキャリアウーマンばっか相手にしてきたあたしなので、こういうピュアっぽい女子は、結構新鮮だぜ。変人女子のみよりちゃんも、経歴だけ見りゃエリート街道まっしぐらって感じだったしな——たまにはアウトローも相手にしとかんと。ピュアなアウトロー？　なんだそりゃ。

「では、楽譜の発見現場にご案内します。重力に従って、ついてきてください」

しかし、その今時のアウトロー、時針ちゃんはかようにつれない態度だった。つんけん度ではガゼルといい勝負だ。まあ、彼女にしてみれば、まさか哀川潤が出てくるとは思わなかったというのが、正直なところだろう。自分が根性で発見した楽譜の、真贋判定をＥＲ３システムに依頼したら、完全なる部外者であるあたしが出てきちゃったことに、戸惑いを隠しきれないといったところか。独力と自力でやってきた人間が請負人を好きなわけねーよな。こんなことなら、ER3システムじゃなく、四神一鏡のほうに依頼しておけばよかったと、後悔しているかもしれない――そっちに依頼しても、たらい回しの結果、とろみを通じてあたしのところに依頼が来ていた公算が大だから、おんなじようなもんだけどさ。

「こちらです」

感情を押し殺した声で、案内されたのは繁華街のビルディング、その地下だった――あたしを入れて大丈夫か？　例外なく崩壊しちゃわないか？　まあ、そんな噂も、今は昔だぜ。だけど、地下？　なんだよ、この楽譜は、地面の下から発掘されたってのかよ？

「いいえ」

冗談にはとりあわず、時針ちゃんは淡々と言う。

「生前、『少女趣味（ボルトキープ）』は、ここの地下二階で、ピアノバーを経営してらっしゃったんです。『クラッシュクラシック』という店名で、重力のように好事家（こうずか）を引きつける素敵なお店で、わたしも常連でした。未成年でしたので、お酒はいただきませんでしたが」

『呪い名』のプレイヤーが、そんなとこだけ法令を遵守（じゅんしゅ）してどうすんだよ。と、突っ込みを入れてやったけれど、ガン無視された。うーん、つれないつれない。人類最強の請負人を前に、ただ緊張しているってわけでもなさそうだな。ま、アウトローはトゲトゲしてねーと、却（かえ）って可愛くねーし。可愛げがないのも可愛げだぜ。しかし、ピアノバーねえ。

「オーナー亡き今は、わたしが買い取って管理していました。定期清掃の最中に、隠されていた楽譜を発見したというわけです――重力と共に、いらっしゃいませ」

そう言って、到着した地下二階の扉を開け、あたしを招き入れる時針ちゃん。店内にはマシンガンを構えた大量の武装勢力があたしを待ち伏せしているというようなことはなく、閑散とした、さびれまくった無人の店内だった。そんな広い部屋面積でもないのに、実際以上にがらんとして見えるのは、ここが既に『終わった場所』だからだろう。『人類最終』の手にかかり、続きようもなく終わった場所――感傷的になることも許されないほどの、徹底的な廃墟。時針ちゃんが管理してなきゃ、それこそ、ビルごと崩壊していてもおかしくないくらいだ。かろうじて、知る人ぞ知る格調高いバーだったことを思わせるのは、小さなステージの上にある、一台のグランドピアノくらいである――それだけは、ぴかぴかに磨かれて、今もなお輝きを放っていると言っていい。

「楽譜は、あのピアノの内部から、重力のように発見されました。わたしとしてはなるべく、当時の時代背景を考慮して、この店内に手を入れたくはなかったのですけれど、さすがに時を経て、ピアノの音が完全に外れてしまって――大がかりな調律が必要になったのです」

ふうん。じゃあ、ある意味、発見されるべくして発見されたってわけだ。本人からすれば、特に隠したって意識もなかったのかもしれねーな。

「ええ。あるいは、気付かないうちに、重力のせいで楽譜がピアノの隙間に入り込んで、本人は紛失したとさえ思ってしまっていたのかもしれません」

ありえるね。滅多に楽譜を残さなかった曲識だからこそ、その扱いに無頓着(むとんちゃく)だったたって線もあるだろう。

「…………」

ん？　なに？

「いえ、別に。重力と一緒で、なんでもありません。あの、人類最強さん――とりあえず、その楽譜を返していただいてもよいでしょうか？」

まるで自分こそが、楽譜の正当なる所有権を持っているかのような、主張の強い物言いだったが、まあ、その通りでもあるな。あたしはポートフォリオごと、問題の楽譜を時針ちゃんに手渡した。

「はい、重力のように、確かに。……真贋は不確かなのでしたっけ？」

ああ、虚数のようにね。半々よりはちょっと上って感じ。その楽譜の作者が零崎曲識だって仮定することに、とりあえずの無理はないってくらいの確度かな？

「そうですか。ありがとうございます」

ため息と共にお礼の言葉を口にする時針ちゃん。いかにも、それくらいの判定だったら自分にもできると言いたげだ。

「それくらいの判定だったら、わたしにもできました」

言いやがった。

「ところで、何か飲まれますか？　重力みたいな年代物でよければ、各種アルコールが揃っていますよ」

そう言って時針ちゃんは、カウンターの向こうの棚に陳列された酒類を、指で示した——そりゃあ、年代物ばっかかだろうぜ。いい具合に冷えてるだろうし。あたしは丁重にお断りして、そしてその辺の椅子に腰掛けた。くくっ。こうして落ち着いて見ると、営業中はめちゃくちゃお洒落なバーだったんだろうな。その頃来たかったもんだぜ。……ところで、時針ちゃんもミュージシャンなんだっけ？

「はい。と言っても、まだまだ修業中の身ですが。いつか、ここでお店を開くのがわたしの夢です——だから、この楽譜の謎を解明しなければならないのです。『少女趣味』のためにも」

どうしてそれが殺人鬼のためになるのかは、あたしからすればわけがわからなかったが、弔いの仕方は人それぞれだ。あたしはお愛想で、開店した折りには寄らせてもらうぜ、と言った。

「はあ」

と、時針ちゃんは気のない返事をした——そんな笑顔じゃ、接客業はとても無理だな。

5

大人として厳しいことを言ってみたものの、現実問題、たとえ時針ちゃんがサービス精神の旺盛さにおいて百年に一人の逸材だったとしても、『呪い名』に属しているプロのプレイヤーだという時点で、ありとあらゆる店舗の経営なんて不可能だと思われる。敵よりも味方のほうに被害を出すなんて触れ込みの『呪い名』が、一般客を相手にするなんて、考えてみるだに恐ろしい——『呪い名』も今じゃ、多少はマイルドになっているのかもしれねーけど、基本的には、殺人鬼でありながらこんなピアノバーを経営していた零崎曲識のほうが、例外中の例外なのである。プロのプレイヤーが、偽装として表向きの商売を営むことは例がないでもないけれど、時針ちゃんの話によれば、零崎曲識は経営には真摯に取り組んでいたようだしな。話を戻すと、もしも時針ちゃんが、本気でかつて零崎曲識がしていたように、『クラッシュクラシック』を、再オープンさせようというのであれば、困難なのは資金繰りやピアノの腕ではなく、どうやって本業と折り合いをつけるかだろう——足を洗うには、彼女は手を汚し過ぎている。いたたまれねーぜ、自業自得にしても。

「カウンセリングは結構です。重力と共に辞退します。これでも、時宮病院の医者ですから」

医者なんだ。カウンセラーって奴？　多いらしいね、プロのプレイヤーにも、メンタルが弱っちゃう奴。

「ええ。何気に、自殺率も高いですからね——重力があるかのように高止まりです。あなたにはそんな心配はなさそうですね、哀川さん」

あたしのことを名字で呼ぶな、名字で呼ぶのは敵だけだ——と言う必要はなさそうだな。ガゼルと同じで、わかってて言ってるみたいだし。あたしが噛んできたことが、とにかくお気に召さないらしい時針ちゃんが、さりとて、追い返そうともしなかった。自分ひとりの楽譜の解析に、限界を感じていたのも事実なのだろう——だから、ER3システムとの共同研究という形を取ったに違いないから。

「そんなパイプが生じたこと自体、重力のお陰であるように、あなたの最強のお陰なんですけれどね。覚えてますか？　ＥＲ３システムと四神一鏡と玖(く)渚(なぎさ)機関、更に我々、『殺し名』『呪い名』が連合を組んで、あなたに対抗しようとしたときのことを」

　忘れたな。いつのことだっけ？

「……とことん大物ぶりますね。まるで木星の重力です。要するに奇縁ってことですよ……、あなたと仕事を共にすることになるとわかっていたら、もう少し、心の準備をしていたのですが」

　仕事なのか？　これは。あたしにとっちゃ仕事だけれど、お前にとっては趣味なんじゃねーの？

「趣味と言うより人生ですね。わたしは『少女(ボルト)趣味(キープ)』の曲を聞いて以来、重力に逆らってまで、ずっと彼を追い求めてきたのですから――そして、この楽譜はようやくつかんだ、重力に匹敵する奇跡的な手がかりなんです」

　言いながら時針ちゃんは、さすがの身のこなしで、ひらりとステージにあがった――そしてグランドピアノの前の椅子に座る。そのまま一曲、奏でてくれるのかと思ったけれど、それはしなかった。ただ、ＥＲ３システムと人類最強の請負人を経て自分の手に戻ってきた楽譜を、譜面台にそうっと、宝物でも展示するかのように、丁寧な手つきで置いたのだった。あたしはそんな様子を眺めながら、奇跡的な手がかりねえ、と思う……、まあ、単なる偶然とは言えねーよな。ピアノの隙間に挟まってた楽譜なんて、やっぱ普通は見つからねーし、見つかるべくして見つかったとしても、普通に処分されるのがオチだ。店主亡きあと、この店舗を素早く買い取って、保存していたからこそ――そして理解のある新たなオーナーに発見されたからこそ、楽譜は遺品になりえた。もちろん、それ以外にもほうぼうで、時針ちゃんは零崎曲識という音楽家に、一歩でも近づくためのアプローチを、無数にしていたに決まっている。そのうちのひとつが、今回実を結んだというわけだ――

諦めない気持ちと継続的な努力が奇跡を起こすと言えば、いささか教訓的過ぎるかな？　探し物は最初に探した場所にあると言えば、マーフィーの法則だが。

「ええ。ひょっとすると、『少女趣味』が、『悪くない。僕の後継者はお前だ』と、重力を越えて指名してくれたかのようです」

曲識ってそんなキャラだったか？　ファン心理はよくわからんね。まあいいや、仕事だ仕事。仕事大好きー。ぱっとやってぱっと終わらそうぜ、楽譜の分析。テンションを上げようと、そんな言いかたをしてみたものの、強く睨まれた——あたしの言いかたが、死者への敬意に欠けると思われたのか、それとも、偉大なる音楽家への敬意に欠けると思われたのか。前者なら知ったこっちゃねえが、後者なら態度を改めるのもやぶさかじゃあねえ。あたしだって、あいつの音楽は好きだったんだから。そんなわけであたしは言い直した。ぱあっとやって、ぱあっと終わらそうぜ。

6

長らくの潜伏期間を経て発掘された宝物は、発見者の手元に返還されてしまったものの、一度じっくり、指紋の型まで見せてもらったので、ばっちり記憶に残っている。それを思い出してみる限り、そしてピアノの内部から発見されたことを考慮に入れる限り、ピアノ曲だと考えるのが妥当だろう。こんなもんあくまで音楽なので、楽譜を見ただけじゃ、あたしあたりには、これがいい曲なのか駄作なのか判別のつけようもないけれど、とりあえず時針ちゃんは感銘を受けているようだった。まあ、ファンがいい曲だって言うんだから、いい曲なんだろうぜ。

「同時に、難曲でもありますがね。これを弾きこなすのは、重力と同じで簡単ではありません。ピアノ奏者の表現力が問われます」

ふうん。時針ちゃんは試してみたの？

「まさか。重力のようにとんでもない」

冗談ではないとばかりに、かぶりを振る時針ちゃん。振るというより、震えるというような動作だった――恐れ多さなのか。

「わたしも弁えています。いくら、ようやく発見した手がかりといっても、弾いたら何が起こるかわからないような曲を、勢いで演奏しようと言うほど、向こう見ずの考え足らずの重力に見えますか？」

あっそ。心ここにあらずの重力には見えるけどな。

「？」

いえいえ、なんでもございませんよ、お嬢様。お前の良識に感謝。いつぞやのビブリオマニアみてーな暴走をされていたらと思うと、怖くて怖くてたまらねーよ。……とは言え、一応謎解きに挑む前に、それぞれの立ち位置、目的意識みてーなもんをはっきりさせとこうか。

「それぞれ？　わたしとあなたと、強いて言うなら重力だけなのに？」

仲介者としてＥＲ３システムも絡んでるだろ。無償で骨を折ってくれるほど、連中も道義心に目覚めちゃいねえさ。特に、このあたしを引き入れようってんだから、得るべき実りもなきゃ、やってらんねーだろ。

「…………」

願わくば、三方がみんな、得をするような結末に辿り着きたいもんだね。つっても、あたしの場合は、立ち位置も目的意識もシンプルだよな。言うまでもなく、請負人としての生計なんだから――円がもらえりゃ文句ねーよ。オーストリアで依頼を受けたんだから、円じゃなくてシリングかな？

「重力をひもとく限り、現在のオーストリアの通貨は、オーストリア・シリングではなくユーロですけれどね」

あらら。年齢がバレちゃうかな？

「……わたしとＥＲ３システム、どちらからも依頼料をもらえるのなら、それなりの額になるでしょうね」

おうよ。人類最強の俗物としちゃー、懐があったかくなって、嬉しい限りだぜ。

「ご心配なく、重力のごとく言い値を支払わせてもらいますし、もちろん、ER3システムがあなたにいくら支払うのかなんて、探りを入れるつもりはありません」

あ。そう言えば、ガゼルとその辺の話詰めてなかったな。やばいぜ、このままだと、また面白半分のただ働きだ。

「ぜんぜん俗世に染まれてませんね。俗物どころか、あなたは人類最強の超俗ですよ。……わたしの目的は、重力によって先述しました通り、『少女趣味』の後継者となることです。この店を継ぐだけじゃなく……、できることなら、『少女趣味』の名前を継ぎたいとさえ思っています」

それはやめといたほうがいいんじゃねーの？　文字通り、あんまり趣味のいい名前じゃねーし。……睨むなよ。テンション上がっちゃうじゃん。ま、要するに、損得勘定抜きってわけね。お互い俗世とは縁遠くて、まことに結構。

「あなたほど超俗にはなれませんよ。そんなものになりたいとも思いませんし。オーナー経営者になろうと思えば、尚更です。……どうせ、なれっこないと思っているのかもしれませんけれど、『音使い』としての『少女趣味』の技巧は、『殺し名』というより、わたし達『呪い名』寄りのテクニックです。一線で暗躍しているプロのプレイヤーの中では、誰よりもわたしが、彼の奏法に肉薄していると、自負していますよ」

だろうね。安心しろ、止めやしねーよ。止まんねーだろうし。哀川潤は、いついつでも、頑張る若者を応援するぜ。なんなら出資してやってもいいくらいだ――オーストリア・シリングでな。

「ウィーンに進出する予定は、今のところありません。わたしの立ち位置と目的意識は、重力に寄り添う以上の形で納得していただけましたか？」

　まあね。仮に曲識の技法を分析し、体系化できたとしても、決して悪用するんじゃねえぞと念押ししたいところだけれど、『呪い名』相手にそんな但し書き、空(むな)しいばかりだしな。

「悪用なんてしませんよ。重力に誓って」

　一応、懐かしの読心術でチェックしてみたけれど、嘘はついてなさそうだった——実際問題として、プロのプレイヤーとして活動するだけならば、時針ちゃんにとって、曲識のテクニックなんて、むしろ邪魔になるだろう。殺人鬼としてもかなりへんてこりんな零崎曲識だったけれど、はっきり言えば零崎一賊の殺人鬼の殺しかたは、総じて効率が悪過ぎるのだから。それは、仕事で殺す他の『殺し名』と違って、連中の殺人行為が、生き様だから——その生き様をなぞりたいと言う時針ちゃんも、『呪い名』として、決して真っ当じゃないんだろう。ん？　ところで『呪い名』として真っ当って、なんだ？

「どうしました？　初めて重力を知ったときのような顔をされていますよ」

　なんでもねーよ。時代の変化と価値観の変遷(へんせん)に、お年寄りがついていけなくなってるだけさ。

　閑話休題、金融緩和。となると、問題になってくるのは、ER3システムの立ち位置と目的意識か——そこがちょっとめんどくせえな。

「どうしてですか？　あの組織の目指すところは、いかなるときも、学術の探究でしょう？　音楽に基づく人体・人心の操作……、そうでなくとも、超能力やオカルトめいて語られることの多い『殺し名』の技術を、解き明かすことこそが、ER3システムの、重力を利用したモチベーションなのでは？」

　そりゃ、表面上はそうなんだけどな。

「？　重力みたいに曖昧(あいまい)で、よくわかりませんけれど……、ER3システムが、『少女趣味(ボルトキープ)』の技術を悪用するんじゃないかと、不安なんですか？」

連中の場合は、悪用ならばまだマシって感じだよ。善用しようと思いついちゃったケースのほうが、よっぽどやばい。なまじ丸くなってる分だけ……、まあいいや、あたしも無理してまで、世界を救おうと思わねーし、楽譜が偽物だって可能性だって、まだ残ってるんだし。

「本物に決まっています。わたしが決めました」

そりゃ間違いねえや。

7

楽観的な時針ちゃんの太鼓判に同調してしまって、それ以上掘り下げて考えはしなかったけれど、零崎曲識が遺した楽譜を解析するというミッションは、行き着くところまで行き着けば、『音楽の正体』を突き止めてしまいかねないという、ゲノム解析にも似たリスクがあると、あたしは言いたかったのだ。

遥か太古の時代から、音楽って奴は人類にとって重要な文化であり、娯楽であり、生活の一部だった。創造主を称える歌もあれば、恋を歌う歌もある――短歌にしても詩にしても、音楽で感情を動かされることもあれば、感情を音楽に乗せることもある。音楽に突き動かされて、行動に出ることもある――そうかと思えば騒音トラブルってのもあるし、最近じゃ、不快音を利用した非殺傷兵器ってのも、開発済みなんだって？　いやいや、それを言い出したら人間に限らずとも、イルカやコウモリは、超音波で会話をすると言う。音を単なる空気の波動と理解するのなら、その波動は、言語を越えた言語として、人間関係に、人類社会に、そして人生に、多大な影響を与えることになる――にもかかわらず、あたし達は音楽について、あまりにも知らない。どういうリズムがどういう効果を生むのかとか、人気のコード進行はどんなだとか、そういう推測は成り立っても、所詮仮説の域を出ないし、ましてなぜそんな効果があるのかを、ちゃんと説明できる奴はいない。芸術ってのはそういうもんだと言えばそれまでだけど、『いい曲』と『悪い曲』の差を、明文化するのは、今のところ不可能だ。個々の価値観や地域ごとの環境、それに時代にもよるからな。自分が若い頃に聞いた曲こそ最高だって、みんな思っているわけで——だが、もしもそれを、明文化できたら？　誰もがある種、芸術のブラックボックスだと思い、不可侵の領域と位置づけている箇所を、もしも解析できちゃったとしたら——それは、神様の実在を、あるいは不在を、証明してしまうのにも似た功績となりかねない。功績と言っていいのか、あるいは功罪と言うべきなのか。音楽がなぜ、人をこうも虜にするのか——その謎を解き明かした論文を仕上げてしまえば、大袈裟に言って、地動説や進化論に匹敵するセンセーションを巻き起こしかねない。たとえ天才による集合知を実現してやがるER3システムにおいても、余裕で七愚人に入れるレベルの実績だ。実利主義のガゼルあたりが、どこまでそれに自覚的かは定かじゃねーけど（あたしを巻き込んでいる時点で、あやつはこの件に関与するつもりがないと宣言している節がある）、零崎曲識の楽譜を解析することは、最大で、そんな意味を持つ——あたしが言うのもなんだけど、面白半分や損得勘定抜きで、やっていいことなのかどうか、微妙なラインだ。あたしや時針ちゃんはそれでもいいんだけれど、組織となると、意思決定が単純じゃねーからな。いわゆる音楽史から神秘性を奪うことは、倫理的に正しいのか？　倫理を語る柄じゃねーし、はっきり言って、もしもそんなことが実際に起これば、倫理そのものが書き換わるわけだが——過去、ガリレオやダーウィンが成し遂げてきたように。

「楽譜の真贋を判別する一番手っ取り早い方法は、この曲を弾いてしまうことなんですけれど、それは重力を無視するのと同じくらい不可能です——ただ、もしもこの曲に、どうあれ人の心や人の身体を動かす効能があるのだとすれば、イコールでこの曲の作者が『少女趣味(ボルトキープ)』だと、客観的に立証することになるでしょう。哀川さん、何か考えはありますか？」

さておき、なんだか逆説的な角度から、時針ちゃんは切り込んできた。零崎曲識への傾倒が、変な形で発露しちゃってる感じだけれど、確かに、いつまでも本物か偽物かばかりをうだうだ議論していても、前に進めねえや。こういう考えかたもできる――たとえ偽物だったとしても、効果があるなら、それでよし。もっともこれは、信奉者たる時針ちゃんには受け入れられない考えかただろうけどな。

「ええ。そんな重力に押し潰されるような結論が出るくらいなら、まだしも楽譜は本物で効果がないほうがマシです」

何にもならねえ結論だが、でもまあ、それも十分ありえるパターンか。四通り考えられる可能性のうちの、ふたつだな。

「四通り？」

その①楽譜は偽物。人を操る効果はなし。その②楽譜は本物。人を操る効果はなし。③楽譜は偽物。人を操る効果はあり。実際にはもっとパターンはあるけど、あんま考えてもしょーがねーだろ。パターン④だって思って、推理しねーとな。……むしろパターン分けと言うなら、するべきパターン分けは、曲識の奴が、その楽譜を、その①わざとピアノの隙間に隠したのか。その②意図せず、なんらかのアクシデントで、楽譜はピアノの隙間に落ちたのか――そっちのほうが、よっぽど重要だぜ。

「ん……、それ、大事ですか？　リアルタイムならいざ知らず、いずれにしてももう重力を感じられないほどに昔の話なのですから、どちらでも大差ないという気がしますが」

いやいや時針ちゃん、意図的だったか事故だったかじゃ、大違いだぜ。あたしとしては、後者のほうがありがたい――前者の場合、曲識は、楽譜が人の目に触れる可能性を考慮していたってことになるんだから。二重三重のセキュリティとして、楽譜が通常以上、必要以上に暗号化されていることが想定される。何小節ごとに変調するとか、そういう解読のための規則が作曲者の頭の中にしかねーんだったら、そんな楽譜、百年眺めてたって、分析なんてできっこねーぜ。

「そうかもしれませんが……、そうとは限らないじゃないですか。あえて後継者のために、ピアノの中にメッセージを、重力のようにさりげなく、忍ばせたのかも」

その後継者ってのは、お前さんのことかい？　まあ、それもありえないじゃないか……、ふざけたノリ（本人は真剣）で言われるからなんとも得心しかねるが、考えてみりゃ、零崎曲識ほどのプレイヤーが、ピアノの隙間に楽譜が挟まってるのに気付かねえってことはねえだろ。この場合のプレイヤーは、プロのプレイヤーって意味でもあるし、音楽家って意味でもある。どちらにしても、楽器の手入れは怠るまいよ。だとすると嫌な展開になるが、しかしながら、わざと隠した場合も、更にルートは二通りに分岐するわけだ——その①見つけられたくなくて隠した。その②見つけて欲しくて隠した。隠し場所のわざとらしさっつーか、いかにも感を重視するなら、後者はぜんぜんありえるな。後継者云々はたわ言にしても、後世に自分の技術を伝承したいという気持ちが、殺人鬼にはないとは言い切れまい。ちっ。こんがらがってきたぜ。

「この楽譜が、『少女趣味』にとってすべての基礎となる重力のような秘伝書、虎の巻なのだとしたら——益々もって、解析しなければなりませんね。これはもう、わたし達の義務です」

わたし達って。巻き込むなよ。あたしは巻き込む専門なんだよ。別にお前の義務でもねーだろうし——義務感で夢を追うなんて、馬鹿馬鹿しいぞ。活気あふれる若者を戒めつつ（これも専門外の役回りだぜ）、あたしは想像する。そうなると別の問題も出てくると、嫌気がさしながら、想像する。なんでこんな性格の悪い詰め将棋みたいなことを考えなきゃいけねーんだめんどくせえと思いながら——意図的にピアノ内部に楽譜を忍ばせたのだとしたら、当然、本人はピアノの中に異物があったことを知っていたわけで、そんなコンディションのピアノをステージに置いて、店を経営していたはずがない。その行為で生じる音程のブレなんてほんの些細なものだろうし、時針ちゃんが大がかりな調律をするまで何年も気付かずにいたってことは、影響なんてまったくないのかもしれないけれど、零崎曲識が音楽家であれば音楽家であるほど、そんなピアノで、客を前に演奏しようとは思えまい——ならばどういうことになる？ もしも、ピアノに楽譜を忍ばせてのちは、ピアノの鍵盤に指一本触れていないとするなら……、そのシチュエーションは、そう、たとえば、『人類最終』との死闘に臨む直前、死地に赴く寸前というふうにならないだろうか。最後の最後、店主として、この店から永遠に去るときに、ピアノにメッセージを託した——うん、現実味はともかくとして、これなら、あちこちの辻褄が、それなりに合う。楽譜を滅多に書かなかった、少なくとも残さなかったという零崎曲識の楽譜が発見されたのは、それが遺作と言うよりは、遺書だったから——その遺書を、どうして同胞である零崎一賊の殺人鬼ではなく、見も知らぬ後世の誰か（時針ちゃんじゃないにせよ、誰か）に託したのかと言えば、そのときには、想影真心の手にかかり、零崎一賊は存亡の危機に陥っていたから。己自身も強く死を、人生の終わりを意識しながら、秘伝の書を、虎の巻を、ランダムな未来に委ねた——ランダムな可能性に。

「……はあ。重力を無視して考えても、避けられない敗死を覚悟して、ですか……」

しかし、この仮説に、時針ちゃんは納得できないようだった。いや、仮説に納得できないんじゃなくて、零崎曲識の死に様について考えることに、強い抵抗があると言わんばかりである。読心術が使えなくてもわかるくらい、強い抵抗。やれやれ、そんな心理状態で、よくもER3システムに、共同研究を申し込めたもんだな――想影真心を作ったのは、そのER3システムだってのに。

「いいえ、失礼しました。取り乱しました。だとすると、より一層、楽譜の解読に身が入るというものですね――なにせ、『少女趣味（ボルトキープ）』自身が、読み解いて欲しいと願っているのですから」

そこは疑問だ。本当の本当に読み解いて欲しいのなら、わざわざ暗号化なんてしない気もする――それとも、楽譜に隠された暗号を解けないような奴には、自分の後継者になる資格はないと考えているんだろうか？　いやいや、待て待て。あたしも時針ちゃんのめでたい前向き思考に引っ張られてんぞ――基本的に、暗号化されているとしたら、それはセキュリティであると想定すべきなんだ。零崎曲識は少女専門の殺人鬼っつー、並外れた変態ではあったが、アホではなかった。自らの、プロのプレイヤーとしてのテクニックを、音楽家としての技巧を、後世に残す危険性について、考えが及んでいなかったとは思いにくい。音楽の秘密を、ただの構造として世に知らしめるリスクを、当の本人だからこそ、しかと承知していたはずなんだ。だから、文書の形で遺すことは避けなければならなかった――できれば一子相伝の形を取りたかった。ピアノを破壊するようなならず者（あたしみたいな奴）が楽譜を発見した場合は、ただの紙切れにしか見えないように、楽譜の形で……、なあ、時針ちゃん。

「はい。重力のように、何ですか？」

背景については、だいぶん見晴らしがよくなったところもあるんだけれど、ここから先は実際論だ。もしも楽譜に暗号を仕込むとすれば、どんなパターンが考えられる？　音楽家としての視点を、無学なあたしに教えてちょ。

「……一応、わたしのなけなしの名誉のために言っておきますと、楽譜を発見したあと、その手のアプローチをまったくしなかったわけじゃないんですよ。分析を試みる過程で、暗号解読の手順を、一度も踏まなかったわけではありません。むしろ散々チャレンジして、それでも重力に対したときと同じで手も足も出なかったからこそ、わたしはER3システム、ひいては哀川さんに協力を仰いだのですが」

　頓挫（とんざ）したアイディアでもいいさ。こうなると、何がヒントになるかわからん——つーか、すべてがヒントだ。さっき言った、解読のキーが曲識の頭ん中にだけあるパターンの暗号だったら解きようがないけれど、しかし、お前の言うように、少しでも他人に伝えようという意志があったとするなら、そんなキーはなくとも、知恵と勇気で解けるような仕組みになっているはずなんだ。

「なるほど。知恵と勇気と、重力で」

　いや、重力は……、なんでもいいや、続けろ。どんなアプローチをした？　もしもお前が、楽譜にメッセージを込めるとすれば……、それも、咄嗟（とっさ）にメッセージを込めるとすれば、どういう形を取る？

「そうですね……、一番シンプルな解答は、置換式の暗号ですね。ドレミファソラシを、CDEFGABに置き換える。あるいは、ハニホヘトイロに置き換える。殺人事件の被害者が、ダイイングメッセージで、ギターのコードを、A、B、E、Gmと並べて書いていたなら、阿部（あべ）グラウンドマネージャーが犯人だと推理できるのと、重力的には似たようなものです」

　誰だよ、阿部グラウンドマネージャー。CDEFGAB、ハニホヘトイロ。どっちにしろ、たった七字七音じゃ、ちょっとした名詞くらいならともかく、意味の通じる文章は書けそうにねえな。そんなリポグラム、試してみようとも思わねーぜ。

「わたしは試してみましたけれど、支離滅裂な文章しか出来上がりませんでした。次点のアプローチとしては、モールス信号というのが、いわば定番になります。これは、時宮病院の操想術師の間でも、頻(ひん)繁(ぱん)に使われる手口なんですけれど」

『呪い名』の間で頻繁に使われる手口なんて、想像を絶するぜ……、モールス信号？　トン、ツー、トントンツーって奴か？

「ええ。モールス信号も音楽も、どちらもリズムですからね。仮に……、そうですね、音の長さで区別するなら、四分音符をトン、二分音符をツーと設定すれば、容易に楽譜の中にメッセージを仕込めます」

メッセージになってたのか？

「なってませんでした」

さいですか。

「と言うか、モールス信号として読み解くなら、パターンが膨大になるんですよ。先刻は仮に四分音符と二分音符で考えましたけれど、スタッカートをトン、そうでない音符をツーとする考えかたもあれば、通常の音符をトン、スラーのついた音符をツーと想定する考えかたもあります――フラットとシャープで区別する考えかたも、白鍵と黒鍵で区別する考えかたも、音符と休符で区別する考えかたもあります。トンとツーの、二通りに分類するパターンを網羅するのは、打楽器ならばまだしも、ピアノ曲では不可能と断じて、重力と等しく構わないでしょう」

そっか。面白いアイディアだったけどな。打楽器ねえ。ところで、マラカスってのは打楽器なのか？

「……そうです。腹鳴楽器ではなく体鳴楽器ですけれど、それがどうかしましたか？」

いえいえ、雑談ですとも。他に考えられる可能性は？

「音階やリズムで読み解くのではなく、楽譜を図として読み解くという方法も、試してみました。ダメ元と言いますか、これも定番と言えば定番なんですが……、星座のように、同じ音符同士を線で繋いでみるとか、同じ音同士を繋いでみるとか、そんな試行錯誤です。いえ、訊かないでください。うまくいきませんでしたとも、さながら、重力に阻まれたがごとく」

　本人は恥じているようだけれど、結果としてうまくいかなかったにせよ、楽譜を図形として見るアプローチ自体は、そう悪くないものに、あたしには思えた――なぜなら、音楽家と言えど、みんながみんな、楽譜を読めたり、まして書けたりするわけじゃねーって現実もあるからだ。門外漢で畑違いのあたしがピンと来ないのとまったく同じように、楽譜にピンと来ないミュージシャンは、ごまんといる。特に今時じゃあ、コンピューターのＤＴＭで作曲できちゃったりもするわけで、そうなると、楽譜自体がいつか、あたしとおんなじ時代の遺物になりかねないぜ。

「あなたは時代の遺物というより、時代の異物ですけれどね。あなたが重力さながらになじむ時代なんて、歴史上、どこにもなかったでしょう」

　そりゃごもっとも。

「重力に基づき、話を戻しますと……、変わったところでは、音符の配置が点字になっているんじゃないかという仮説も立ててみました」

　点字？　ああ、なるほど。音符を立体的にとらえるわけだ。５・１サラウンドみてーだな。けれど、そのアプローチも外れだったってわけか――ふむ。あたしに言われるまでもなく、大概の可能性は既に考え尽くしているって感じだな。じゃあ、楽譜に暗号が仕込まれているって推理そのものが、怪しくなってくる。案外、ノンセキュリティなのかも……、これからバトルに臨まなきゃならないってときに楽譜に暗号を仕込むだなんて、それこそ、天に召されようというそのときに、複雑なダイイングメッセージを遺そうってくらいに、絵空事めいている。あまりにロマンチックだ。……まあ、零崎曲識がロマン派じゃなかったとは言えないから、切り捨てられない可能性なわけだが。

「他のアプローチとしては、鍵盤を叩く指の動きを分析しました。それぞれの指が叩く鍵盤を――」

時針ちゃん。

「はい？　なんでしょう。と言うか、その時針ちゃんって呼びかた、やめていただき……」

ごちゃごちゃ考えても、ごちゃつくばっかだしよ。もういいや、めんどくせえ。いっぺん弾いてみようぜ、その曲。

「は？」

だ・か・ら。思い切って、弾いちゃおうぜ――『少女趣味（ボルトキープ）』が遺したメロディ。何が起こるか、お楽しみだ。

8

弾いてみようぜ、弾いちゃおうぜと煽ってみたものの、十年前ならいざ知らず、今のあたしはそこまで向こう見ずにはなれなかった――あたしが弾くんならまだしも、この場合、ピアニストは後継者を自任する時針ちゃんなんだから、そこまで危なっかしい真似をさせるわけにはいかなかった。とは言え、問題の楽譜に関してはあらゆるアプローチが行き詰まって、もう演奏でもするしかないのもまた確かだった――本来なら、いの一番にするべきことなんだ。

なので、あたしは時針ちゃんに、『半分ずつ』、弾いてもらうことにした。『半分ずつ』。つまり、右手と左手――半分ずつだ。

「なるほど……、重力のように、確かに。それはわたしにはない発想でした。前半と後半というわけかたではなく、左右に分割するわけですか――これなら、仮にこの楽譜が、どのような効能を含んでいたとしても、その威力は半減以下……、と言うか、基本的にゼロ効果になるでしょうからね」

ピアノは両手で弾くものですから、と言いながら、時針ちゃんは、待ちきれないと言うように、鍵盤に指を降ろした――今まで、鉄の自制心で抑えていたものの、本当は、尊敬する音楽家の残した楽曲を、弾きたくて弾きたくてたまらなかったのだろう。うずうずしていたのだろう。それがあくまでも片手ずつとは言え、許されたのだから、喜びもひとしおというわけだ——ただ、その結果が望ましいものだったかどうかを問われれば、あんまり意に添わなかったというのが、正直なところだ。まずは右手分のメロディを聞かせてもらったあたしの感想も、おおよそそんな感じだった。

「……予想通り、それらしい効果はなし。続いて、左手を」

努めて淡々と、そう経過報告をしつつ、時針ちゃんは左手分も弾ききったが、やはり結果は、同じだった——それらしい効果はなし。そして感動もなし。感動どころか、感想さえねえ。あえて言うなら、つまんねー曲だった。

「き——きっと、わたしの弾きかたが悪いんです。『少女趣味(ボルトキープ)』の作品が、こんなもののはずがありません——」

そう言って、時針ちゃんはもう一度、片手ずつ、今度は左手→右手の順番で弾いてみせたけれど、改めて聞いても、むしろ酷くなったくらいの印象だった。なんだろう、『いい曲』とか『悪い曲』とかいう以前に、曲としての体をなしていないように思える。実際に弾いてみせる前は、あれだけ狂信的に名曲だと言い張っていた時針ちゃんも、さすがにひとりのミュージシャンとしてその点を認めないわけにはいかないらしく、その可愛らしい顔がみるみる青ざめていく。ピアノ奏者の表現力ではなく、ファンの愛情が試されているようだ。『難曲』の意味が変わってしまっている。

「つ、つまり——偽物ということなんでしょうか。この楽譜の書き手は、『少女趣味(ボルトキープ)』ではなく、凡百(ぼんびゃく)の作曲家なのでしょうか」

凡百って言いかたも随分だけど、しかし、他に適切な表現も思いつかねーらしい。まあ、そうだな。逆に吹っ切ってるくらいのスラプスティックがあれば、それはそれで評価のしようもあるんだろうけれど、それもないってんだから、要するに、フォロー の仕様がないんだ。しかし、だからと言って、即この楽譜が、曲識の手によるものじゃないと断言するのも、行き過ぎだろう。楽譜に付着していた指紋の説明がつかねえ。その辺に折り合いをつけて、新しい仮説をひねり出すなら——習作って奴か？ 思いつきを、とりあえずぱっとその辺の紙にメモしただけ——別に遺書とか秘伝書とかじゃなくて、備忘録みてーなもんで、それゆえに扱いも雑だったから、ピアノの隙間に落ちちゃった。曲識ほどの演奏者が、ピアノに異物が挟まっていて気付かないわけがないと言うのも、思えば大胆な仮説だぜ。上手の手から水が漏れるって諺もあらあな。あたしだって人類最強の請負人とか言ってる割に、仕事の達成率はかなり低かったりするのと、似たようなもんで……。

「習作……とも、言えませんよ。これは。たとえ重力のバイアスを利用して、どういじくりまわしても、名曲になるとは思えません。強いて言うなら、やっぱり暗号化されているとしか……」

そう言って時針ちゃんは、何回かにわけて、鍵盤をなぞる——どうやら、変調したメロディを、順番に試しているらしい。はたで聞いていても、あまり芳しい成果が上がっているとは思えないが……、だが、その藁にもすがるような姿勢を見ると、おいそれと止めるわけにもいかねえぜ。どうなんだ？ そのまんま弾いても効果のない楽曲であることだけははっきりしたけれど（そもそも、楽曲かどうかも怪しい）、だったら結局、曲識の頭の中にある暗号キーがないと、解読できない楽譜なのか？ それなら、どうしてわざとらしく、ピアノの中に忍ばせるような真似をした？ あるいは、この店内のどこかに、別の暗号文が隠されていて、それが暗号キーになっているとか——だが、それはもう、時針ちゃんが何年もかけて、探し尽くしたはずだ。どっちかっつーと、ピアノの中に楽譜が、ここまで見つからずに残っていたことのほうが意外なくらいで——

「……所詮、無駄な挑戦だったんでしょうか。わたしのような、1Gの重力ごときが、『少女趣味(ボルトキープ)』の後継者であろうなんて」

心ゆくまでの試行錯誤を続けて、ついに力つきたかのように、時針ちゃんは肩を落として、そんな気弱なことを言った――本業がカウンセラーの癖に、躁鬱(そううつ)の激しい奴だぜ。ふん。そう簡単に慰めてもらえるなんて思うなよ。あたしは落ち込んでる奴を見ると、蹴飛ばしたくなるんだ。あたしがそう毒づきながら立ち上がり、ステージに向かうと、時針ちゃんはびくっと、丸めていた猫背を伸ばした――本当に蹴られると思って、警戒態勢に入ったらしい。蹴らねーよ。たぶんな。あたしは片足ジャンプでステージにあがり、時針ちゃんを間に挟む形で、グランドピアノと対峙(たいじ)した。ピアノっつーか、その譜面台、つまり楽譜とだ。頭ん中に入っているとは言え、ここまで苦戦するとなると、もう一度、実物と向き合いたくもなる。その実物が、本物か偽物かはともかくとして……。

「よ――よかったらどうぞ」

言って、時針ちゃんはあたしに椅子を譲った。なんだよ、年寄り扱いかよ？　単にあたしに背後に立たれるのが嫌だったみたいだけれど、まあ、座ってみるか。ピアノの前に座ったことなんて、これまであったっけな？　座ったところで、『猫踏んじゃった』もろくに弾けねーけどな。八十八の鍵盤を前にすれば、何かひらめくんじゃねーかと、いつもの行き当たりばったりを気取ってみたが、そううまくはいかねーか。ひらめかねーな。あたしにとってピアノは、ぶっ壊すもんであって、弾くもんじゃねーんだよな。なあ、時針ちゃん。

「はい……なんでしょう」

すっかり意気消沈しちまった時針ちゃんからは、重力節も聞けなくなってしまったけれど、それはそれとして、あたしは質問した。こうなるともう、後継を目論むミュージシャンとしての意見じゃなくって、ファンとしての意見のほうが参考になると思うんだけど……、零崎曲識の演奏の魅力を、お前はどういうところに見いだしていた？　あたしはせいぜい二、三曲しか知らないけど、お前はこの店に通い詰めてたんだから、ある程度は言葉にできるんじゃねーのか？

「どうでしょう。自信がなくなってきました。ほんの五分前までだったら、ミステリアスなところが好きだと、即答できたはずなんですが」

　ミステリアスね。その謎めいたところを解き明かそうとして壁にぶち当たり、挫折を味わってるっていうんだから皮肉なもんだ。

「ええ。ですから、今となっては——いえ、最初から、むしろ潤さんのほうが、わかってるんじゃないでしょうか……」

　あん？　だから言ってんだろ、あたしはあいつの曲を、二、三曲しか……。

「そうではなく——だって、『少女趣味』の最期を看取ったのは、あなたじゃないですか」

……………。

「もしも、この楽曲が『少女趣味』の手によるもので、彼が死地に赴く際にしたためたものだとするなら——書くときに強く想ったのは、あなたのことなんじゃないでしょうか、人類最強」

　その気持ちがわかりませんか——と、不承不承、苦々しげに時針ちゃんは言った。なるほどねえ、とあたしは妙に、納得するような気持ちになった。なんだか最初から刺々しいっつーか、愛想のねーつっけんどんな態度を貫いてるとは思っていたけれど、それはあたしが横やりを入れてきたからじゃなくって、そういうことを考えていたからかい。道理であたしが曲識って呼び捨てにするたび、睨んでくれちゃうわけだぜ。悋気と言うには可愛らしいけど、焼き餅ってほどにゃ、可愛げねーな。どっちにしても的外れだがよ。

「的外れ？　どういう意味です？」

　あたしの読心術は、心を読むとは書いてるものの、読めるのは思考や感情だけでな——残念ながら、気持ちって奴は、よくわかんねーのさ。

「わたしが言ってるのはそういうことじゃなく……」

　でも、あたしが言ってるのはそういうことなんだよ。残念でしたね。

「…………」

　ま、ほっとけ。あるいは、ほっとしとけ。たとえあたしに正当なる後継者の権利があったとしても、この楽譜はお前にやるからよ。生きてる奴ならまだしも、もうとっくに死んじまった奴だ。あいつが想ったあたしよりも、あいつを想うお前のほうが、持つべき形見だろ。

「燃えるように赤い割に、意外と冷たいんですね。あなたは人を好きになったことがないんですか？……誰かから重力を感じたことは、ないんですか？」

『呪い名』に言われちゃおしまいだな。重力のように、重い言葉だぜ。あたしのカウンセリングをしてくれようってんなら、でっかいお世話だぜ。かっけーロックスターでも紹介してくれや。

「…………」

　んな顔すんなよ、どうせその気持ちだって、あたしには伝わらないんだぜ？　確かにあたしは曲識の最期を看取ったけど、その気持ちを汲み取ったとは言えないんだからよ。あいつがこの楽譜をどうして書いたのかだって、この楽譜をどうして欲しかったのかだって——どうしてほしかったのか？

「……？　どうされました？　潤さん」

　いや——どうして書いたのかはミステリアスだとしても、どうしてほしかったのかは、よく考えたら、考えるまでもなかったな。どういうメッセージを込めたにしても、これは楽譜なんだから、弾いてほしかったに決まっている。誰かに。

「弾いてほしかったって……、弾いたじゃないですか。今。その結果……」

弾いてねーよ。あれじゃあ、まったく弾いたことにはならねえ——あたしらの都合で、左右に分割したメロディが、作曲者の意図を反映しているはずがねえだろう。奇しくも、お前自身が言ってたじゃねーか——ピアノは両手で弾くもんだって。

「言い——ましたけれど。まさか……」

そのまさかかどうかは知らねーけど、時針ちゃん——次は諸手をあげて行ってみようか？

9

実際のところ、ある曲を演奏するにあたって、どこまで作曲者の意図を汲むべきなのかというのは、難しい問題らしい——すべてを斟酌すべきなのか、それとも演奏者なりの解釈が許されるのか、アレンジの匙加減は、とても些事とは言いにくい。おんなじ古典の名曲でも、指揮者や楽団によってぜんぜん違うように響いちゃったりして、それこそが音楽の神秘と言うべきなのかもしれないけれど、その辺りについて作者がどう思っているのかは、死人に口なしを通り過ぎて、もはや神のみぞ知るだ。ともあれ、ギャグをかぶせるようなことを提案したあたしだけれど、むろん、やけになったわけじゃない——生きかたそのものがやけのやんぱちみてーなあたしではあるが、この場合は、意外なほどにまともで正常な手続きにのっとった、当然の推理って奴だった。楽譜がピアノの中に隠されていたって点を、もっと重視すべきだったんだ——右手と左手、両手で弾いてこそのピアノ曲。もっともこれは、『片方ずつで弾いたら駄作同然だったそれぞれの曲が、同時に演奏した途端に素晴らしい名曲へと変貌を遂げた』ってえ、マリアージュみてーな話じゃなくって（弾かないって、だから）、単に紙面上での話だ。『左右同時』ってところが、暗号解読のためのキーだったってわけさ——なんのことはない、右手用の五線譜と、左手用の五線譜を重ねて見れば、作曲家が残したかったメッセージが浮かび上がる。図形として解釈するという時針ちゃんの発想が、結果として正鵠（せいこく）を射ていたわけだ。重なり連なった音符がアルファベットの形を構成し、言うならば歌詞を浮かび上がらせる――ドットで文字を構成する、点が線になる、線が字になり、字が文になる。そして文が意味になる。死地に向かおうとした零崎曲識が忍ばせた、忍びのないメッセージが響く。

『MUSIC IS NOT BAD』

　音楽は悪くない――か？　なるほど、あいつの言いそうなことだぜ。もちろん、こんな風にメッセージを仕込んだからと言って、それで人の身体を動かせるとか、それで人の心を操れるとか、そんなテクニックじみたことじゃない。技巧なんて何も凝らされていない、単なる走り書きみてーなもんだ――だがしかし、それでも、あいつのファンだった時宮時針の、身体と心を動かすには、十分過ぎるメッセージだったようだ。特に誰かに宛てたと言うわけでもない、独り言のような遺言を、彼女は確かに受け取った。死を目前にしてなお、音楽に対する想いを語った音楽家のありかたから、何かを汲み取った。彼女流の表現で言うならば、『人から強い重力を感じた』ってとこか。

「わたしが引き継ぐのは、ピアノやバーではなく、音楽家の魂であるべきでした――音楽性であるべきでした。わたしは『少女趣味（ボルトキープ）』のあとを継ぐのではなく、先に進まなければならなかったんです」

　そう言って、時針ちゃんは、楽譜を譜面台に残したままで、『クラッシュクラシック』を去っていった――もう二度と、戻ってくるつもりはないのだろう。過去を振り返るのではなく、未来を見据えて、前に歩いていくのだろう――若者としちゃあ、そっちのほうが正しいぜ。結局、音楽の神秘は神秘のままだったけれど、真実ならぬ神秘だからこそ、進行し、信仰し続けることもできるってわけか？　まあ、ガゼル、ひいてはER3システムの連中からすりゃ、あんまり愉快とは言えないオチなんだろうけれど、なんでもかんでも打楽器みてーに、打てば響くとはいかねえさ。五線譜に学術のメスを入れるのは、またの機会にしてもらおう。そりゃあ時針ちゃんの、更に次の世代くらいで達成されることなのかもな――と、苦笑しつつ、とっくの昔に閉じてしまった遺跡のような店に、まるで化石のようにひとり取り残されたあたしは、もう一度、あの珍妙な殺人鬼に再会したみたいな気持ちになって、カウンターの向こうに並べられたビンテージのボトルに手を伸ばしたのだった。日本酒のほうが好みなんだけど、今日くらいはミステリアスな音楽家の好みに、合わせといてやるか。

10

薄暗い店内でひとり、呑んでるうちに余計なことに気付いた。時針ちゃんは、解読した楽譜に記されていた最初のメッセージだけを読んで、未来へと羽ばたいてしまったけれど、楽譜のページは、二枚目も三枚目もあるのだった――つまり、曲識のメッセージには続きがあるのだ。正直、酔いどれの頭でも嫌な予感しかしなかったけれど、あたしは譜面台に置いていかれた楽譜を、ページターナーよろしく、ぺらぺらめくる。……そこから先に詳細にしたためられていた血塗れの神秘や残酷な超絶技巧、『少女趣味(ボルトキープ)』の深く掘り下げられた思想は、あえてここには記すまい。特に、勇み足で飛び出した時針ちゃんには絶対に教えられない、ここで後腐れなく根絶やしにすべき音楽性だ。ひとつだけ言うとするなら、どう謳ったところで、あいつはやっぱり、零崎一賊の殺人鬼なのだった。こんな言葉で締めたかねえけど、いやはや何とも、どん弾きだぜ。

人類最強のXOXO（キスハグキスハグ）

1

　怪々館と名付けられたその研究施設の実体は昆虫館であり、その内部では何億何兆、下手すりゃあ何京という数の虫螻が蠢いているそうだ——聞いただけで三十八万キロメートルくらい距離を取りたくなるようなおぞましさだが、これも仕事だから仕方ねえ。第一、人類最強の請負人が、昆虫に恐れをなしたなんて噂になっちゃあ、商売あがったりだぜ。

「急ぎましょう、哀川さん。手遅れになる前に、博士を救出しないと……、ことは一刻を争います」

　そんな風に、恐れ知らずにもあたしを急かす、このたびの冒険のパートナー。冒険っつーか、この場合は昆虫採集のパートナーつったほうが正確なのかね？　より正確に言うと依頼人なんだが。えーっと、名前なんだっけ？

「佐代野弥生です。何度目ですか。初対面というわけでもないんですし、いい加減に覚えてください」

　そうそう、佐代野ちゃん。いい加減に覚えちゃってたぜ。でも、だったらお前も覚えとけよ——あたしのことは名字で呼ぶな、名字で呼ぶのは敵だけだ。

「それは失礼しました。潤さん」

　そう言いつつ、此度の依頼人は気もそぞろと言った風だった——一秒でも早く怪々館の中に這入りたくてたまらない風情だぜ。このお屋敷、ただおぞましいってだけじゃなくって、どう考えても危険なんだけどな——あたしが今、門扉の前で逡巡しているように見えるんだとしたら、それはできればひとりで昆虫採集に打って出たいからだ。珍しく、人を巻き込むべきじゃねーのかなーって思っちゃってんだぜ。いつの間にか改心したのかな、あたし？

「わたしだって、好き好んでご一緒したいわけではありませんよ。特にあなたとは、人類最強とは。でも、怪々館の内部は、特に地下は、ほとんど迷路ですからね——わたしが案内しなければ、いくら人類最強の請負人でも、道に迷ってしまうこと請け合いですよ。最悪、出られなくなるということも」

そりゃあ怖い。請負人が請け合われちゃったら世話ねーぜ。

「ご心配なく。これでもわたしは、鴉の濡れ羽島を生き残ったひとりです——島を出て以降もそれなりの修羅場はくぐっていますし、あなたのパートナーが務まらないほど、ヤワではありません」

その大言壮語、確かに聞いたぜ。頼もしい。そんじゃ行こうか、佐代野ちゃんのご友人だっつー、昆虫博士の救出に。えーっと、そっちの名前は、なんだっけ？

「蒸木蟲子博士です。蒸し殺しの蟲子先生と呼ばれていました」

親の期待通りに育ったみてーだが、あんまりノリノリで助ける気にはなんねー感じの博士だな。

2

イリアを通して佐代野ちゃんからコンタクトがあったとき、いじ汚ねー話、ちょっぴり期待した——名前の記憶は不鮮明だったけれど、かつて鴉の濡れ羽島に、弥生だか皐月だか神無月だかいう名前の天才料理人が長期滞在していたことは、なんとなく覚えていたからだ。頭でと言うより、舌で覚えていた。ゲストとして招かれておきながら、三つ子メイドに混じって島での調理を担当していたっつーんだから、回想してみると結構な変わり者だが、しかし天才マニアのイリアの眼鏡に適うだけのことはあって、確か腕は確かだった——そんなシェフが、あたしを新進気鋭のレストランに招いてくれたんだから、そりゃあ胸も高鳴ろうってもんだぜ。島に滞在していた頃は、なんだかんだでフリーの料理人だった佐代野ちゃんだが、今じゃあ世界中に店舗を構えるフードコンツェルンのＣＥＯだかだってんだから、大したもんだ。行き過ぎた天才が組織になじんで社会的に成功する、稀有なる例ってところかね。しかし、お店に到着したあたしに提供された献立は、その期待を大いに裏切るものだった。いや、ある意味では、あたしみてーなヒネクレもんの期待に、シェフはこれ以上なく応えてくれたとも言える。

「蜂の子ご飯にポンデギの温製スープ、まるまると太ったイナゴの佃煮と国産芋虫のロースト、十七年ゼミの素揚げです。食後の水菓子には蟻蜜を用意しております。ボナペティ」

とんだ一汁三菜もあったもんだ――ははーん、いわゆる昆虫食って奴だね。

「はい。その通りです。ご名答」

鴉の濡れ羽島で、一度すれ違ったことがあるはずなのだが、テーブルの脇に誇らしげに立つ熟練のシェフの姿には、まったく覚えはなかった。まー、あたしって冷たいからなー。こんな貫禄のあるコックさんだっけ？　世界各地の有名レストラン、数百の店長を同時に務める人物は、これくらいの風格はあるんだろうけれど……、しかし、そんなあたしの冷たさに対する意趣返しとして、貸し切り状態の創作料理店で、こんな下手物料理を出されたわけでもあるまい――いくらなんでも、クリエイティビティに富み過ぎだぜ。

「ええ。しかし、これを食べていただかないことには、仕事の話が始められないんです」

さいですか。んじゃいただきますよ。むしゃむしゃ。

「あら。意外と抵抗がないんですね」

ガキん頃はもっとグロいもん食ってたしな。うん、うまいじゃん。さすが天才料理人、大したもんだ。昔より腕、上がってんじゃねーの？

「そうすんなり受け入れられてしまうと、面白味に欠けますよ」

数万種類の味を感じわけられるシェフが言うと、面白味のなさの重みが違うね――重味かな？　で？

これが何？　あたしは面白くなってきたぜ。少なくとも、お前、あたしの興味を引くことには成功したんじゃねーの？

「別に、奇をてらったわけではありませんよ。何を隠そう昆虫食は、最近の私のテーマでして」

なんじゃそりゃ。天才が一周回って、変な方向に向かってるパターンか？　ありがちだけどよ。CEOとして、世界中に点在するレストランの店長として、フードコーディネーターとして、お前は社会的に成功したんじゃなかったのか？

「社会的に成功したからこそ、ですよ。仰せの通り、数々の幸運に恵まれて今のわたしがあるわけですから、余裕のある範囲で、社会貢献をしたいと思うのは当然じゃないですか？」

そんなのは初めて聞く当然だぜ。むかつくなあ。けっ、そんなまともな性格なのに、よく鴉の濡れ羽島に何年も滞在できたもんだな。

「ええ。決して楽な滞在ではありませんでしたよ」

だろうね。で、昆虫食がなんで社会貢献なの？

「料理の世界では、これも当然と言いますか、常識なのですけれど——世界から飢餓をなくすためのキーが、昆虫食だからです」

なるほど。それはあたしも、どっかで聞いたことがあるぜ——虫の生命力と繁殖力をカロリーに変換することができれば、地球上から飢えを一掃できるって話か。

「まあ、実際にはそう単純ではありませんし、まだまだ課題も多いですから、わたしもこうして試行錯誤しているわけですが、幸い、賛同してくれる有識者も、少なくありませんので」

有識者ね。あたしの周りには、まずいねー奴らだな。でもいーんじゃねーの？　あたしももう突っ張ってるだけの若者じゃねーからな、そういうお題目も、ただただ悪態をつくほどには嫌いじゃねーぜ。

つまり、依頼の内容は、試食係か？

「まさか。人類最強の請負人に頼むことではないでしょう——お願いしたいのは、人助けですよ」
人助け？　それも、人類最強の請負人に頼むことじゃーねーと思うけどな。具体的には？
「昆虫食に取り組むにあたって、業務提携していたとある研究者を、救出していただきたいのです——少し、事故があったようでして。端的に言うと、あなたにお願いしたいのは」
害虫駆除です——と佐代野ちゃんは言った。キッチンでおこなう害虫駆除ってわけじゃあ、なさそうだな。ところでこれ、おかわりもらっていい？

3

料理人としての本能なのか、おかわりの要求には嬉しさを隠さない佐代野ちゃんだったが、依頼内容はなかなかシリアスだった。要するに怪々館なる研究施設は、佐代野シェフにとって、昆虫食のための食材の仕入れ先だったってことらしい……、ファーブル先生じゃねーけど、昆虫の専門家である蒸木蟲子博士に、佐代野シェフは社会貢献のために、公式に協力を仰いだってわけだ。まあ、昆虫を一般的なフードメニューにするにあたって、適切な、あるいは効率的な、品種改良って奴をしなきゃならねえと考え、言うならば、昆虫の家畜化を目論んだわけだ。ER3システムや四神一鏡とは無関係の、どころか大学にさえ所属していない一匹狼の研究者と業務提携する辺り、佐代野ちゃんのまともさが現れている——社会貢献にあたって、政治や権力からは距離を取り、できる限りの中立性を保っておきたいってところかね。

「ただ、それが裏目に出てしまいました。蒸木博士が怪々館内部において『養殖』していた昆虫群の一部が『暴徒』と化してしまったそうで——現在、博士は研究員ともども、地下の核シェルターに避難しているそうです。そして救難要請がわたしのところに来ました」

昆虫が『暴徒』と化すってのはよくわからねー表現だったが、しかしまあ、山じゃあ熊に襲われて死ぬ奴よりも、蜂に刺されて死ぬ奴のほうが多いってのは聞いたことがある。『化す』までもなく、元々昆虫なんて、暴徒みたいなものなのだ。あたしがおいしくいただいているイナゴの群れも、田畑を草一本残さず食い尽くすって言うもんな。飢餓を解決するどころか、一歩間違えば飢餓を生みかねない——そして昆虫博士は、一歩間違っちゃったってわけだ。

「そうですね。ぶっちゃけて言えば、バイオハザードの発生事案です」

　そうやって平静を装われると、ままあることみてーだけれど、思っていたよりも大変な事態みてーじゃねーの。試食に興じている場合じゃねえってか。まあ、虫が媒介する伝染病ってのもあるし、決して大袈裟じゃねーよな。でも、なんで救難要請がお前のところに来たんだ？　警察とか警備会社とかじゃなくって。

「博士の——ひいては、わたしの、でもありますが——研究内容には、機密がたぶんに含まれますから、それを外部に漏らしたくないんですよ。もちろん、いよいよとなったら仕方ないでしょうが——」

　なるほど、大した研究者根性だ。素晴らしい。それであたしね。中立というより、独立勢力としての哀川潤ね。別にいーけど。でも、害虫駆除にあたって、殺虫剤くらいは貸してもらえるんだろうな？

「お貸ししても構いませんが、たぶん効きませんよ。わたしとは別口で、蒸木博士は薬剤会社との付き合いもありましたから——殺虫剤の効きにくい虫の研究もされていました」

　オッケー。じゃ、力業で行こっか。丸めた新聞紙でも携えよう。

4

鍵のかかっていた堅牢なドアをこじ開けて、内部に踏み入ってみると、怪々館の内部は、事前に予想していたのとは全く違う様相を呈していた。壁一面にびっしりと、何らかの虫さんが張り付いているような映像を覚悟していたのだが、あにはからんや、壁一面にびっしりと張り付いていたのは、植物だった——それはそれで異様な光景なのだが、綺麗なお花と木の実に満たされた廊下は、まるで歓迎のフラワーゲートのようだった。なんだよ、昆虫博士の趣味は生け花だってのかい？

「確かに、虫と植物は切り離せない密接な関係がありますが……、潤さん、よく見てください。これらは花ではありません」

なんだよと思いつつ、依頼人の言いなりになってみると、確かにそれらは花ではなかった……、花ではなく、虫さんだった。いわゆる擬態って奴だ——ハナカマキリだった。だけどそれも品種改良の成果なのか、図鑑に載っているハナカマキリより、もっと花そのものみたいな形態のカマキリだった。思わず息を呑んじまうぜ。改めて廊下を見渡してみると——一面の花畑が、全部ハナカマキリだと思ってみると、いきなりかまされたって感じだった。これが暴徒と化した、バイオハザードの昆虫か？

「いえ、これは博士の稚気と言いますか、歓迎のフラワーゲートで合ってはいますよ……、見た目が綺麗だから、放し飼いにしているだけです。刺激しなければ、おとなしいものです」

刺激したら危険ってことじゃねーか。やっぱまともじゃねーな、その博士。

「ええ、変人であることは事実です。潤さん、こじ開けたドアを、力尽くで元に戻してもらっていいですか？　わたしでは、その鉄扉は持ちあげることさえ叶いません」

ともあれ、事前知識があるからか、佐代野ちゃんは一面のハナカマキリを見ても、取り乱しはしなかった——まあ、こいつにとっちゃ、昆虫は食材だからな。シェフらしく、てきぱきと、小気味よく指示を出してくれやがるぜ――とは言え、ここで逆らう理由がどれだけ探しても見つからなかったので、あたしはドアをぐりぐりとはめ直す。虫じゃあ隙間から這い出てしまいかねないけれど、一応事前に、昆虫屋敷はでっかい蚊帳みたいなもんで囲んである。バイオハザードの拡大は、できる限り防ぐべきだというくらいの良識は、あたしにもあるんだぜ――当然、あたしと佐代野ちゃんも、着の身着のままで怪々館に乗り込むほど、勇気にあふれていない。丸めた新聞紙じゃない装備を身にまとっている……、月に行ったとき、それに深海に行ったときに着たスーパースーツ、喜連川博士の発明品、『クローゼット』を着用しての潜入捜査だ。本来、こういう用途に使う防護服じゃあないんだが、他にバイオハザードにも有効な鎧ってのが、思い出せなかったもんでな。なんだかんだで、お世話になることの多い『クローゼット』。クローゼットの肥やしにゃできねーな。いくら昆虫が食材だからって、佐代野シェフも、まさかシェフの衣装で昆虫採集に乗り出すわけにはいかなかっただろう。

「昆虫採集ではありませんが――バイオハザードが発生したとなると、もうこの研究施設は使い物にならないでしょうから、一応、今後のために、サンプルは回収しておきますね」

言ってシェフは、壁から花を摘む――ハナカマキリの首の部分（ガクの部分？）をつまんで、腰に下げていた虫籠へと放り込む。物怖じしねーなあ。そして、同様に、木の実も壁からもぎ取って、違う虫籠へと入れた――佐代野ちゃん、その木の実は何？それも何かの昆虫の擬態かな？

「卵ですよ。カマキリの卵って、見たことありません？」

マンホール育ちのあたしを都会っ子みてーに言ってくれるが、うわー、この木の実、全部、カマキリの卵かよ。圧巻だねえ。これでナナフシでもいりゃあ、より完璧な擬態だったな。

「じゃこみたいで、調理のし甲斐がありそうな食材ですが、あまり気を取られてもいられません――先を急ぎましょう」

へいへい、仰せのままに。でも、このカマキリ達がバイオハザードじゃないってんなら、何がバイオハザードなんだ？　暴徒と化したのは、どんな昆虫なんだよ。

「それはヘルプの連絡でも、詳細は伏せられましたが……、盗聴による機密漏洩を恐れて、ですね。研究者魂でもありますが、まあ、蒸木博士の研究手法は、完全に合法的とも言えないものでしたから……」

グレーゾーンってわけね。でもまあ、シェルターに避難するくらいだから、スズメバチとかサソリとか、そういう危険で獰猛な昆虫であることには間違いないだろうな。

「そうですね。昆虫の中には、積極的に人間を襲う種も、少なくないんですよ。気を付けましょう、ミイラ取りがミイラということもあります――虫取りが虫ですかね。もう私達は、彼らの縄張りに這入ってしまったようなものなのです」

忠告と言うよりも、脅すように言う佐代野ちゃん――それを食べようってんだから、より怖いのは人間って気もするけどな。

5

あたしの愛する少年漫画の世界で昔から根強いのが、昆虫最強説だ――すべての生物のサイズが同じだったなら、ライオンよりもゾウよりも、昆虫が一番強いってえ説で、絵で描かれるとなんとなく説得力があるし、ちっぽけな虫螻こそが実は最強なのだってストーリーはエンターテインメントとして上質で、面白くはあるのだけれど、実際に昆虫のサイズを巨大化すると、自重を支えきれずにぐしゃっと潰れるらしい。ぐしゃ。跳躍力も機動力も、あくまで『小ささ』と『軽さ』あってこそだ――だったら、昆虫は大したことがない、最強なんてとても形容できない一寸の生命なのかと言えば、もちろんそんなことはなく……、奴らの脅威は、パワーでもスピードでも、攻撃力でも防御力でもなく、無限にも思えるその『数の多さ』にある。『ちっちゃいものが、いっぱいいる』ってシチュエーションは、多くの人間に生理的な嫌悪を与えるものだが、その直感は、おおむね間違っていない。まあ、ウィルスだって細菌だって、『ちっちゃいものが、いっぱいいる』と言って言えなくはねーだろうし、殺しても殺してもうじゃうじゃわいてくる世代交代の爆発的な早さは、人類はおろか、哺乳類全体と比べても、かなりの生命力だと言えるだろう……、かなりの生命力だと言えるだろう。で、その繁殖増殖を更に加速させようってのが、蒸木蟲子博士の研究主題だったわけだ。昆虫の養殖——昆虫の家畜化。

「数を増やすのみならず、個体を死ににくくするという工夫も、どうやらしていたようです。殺虫剤が効かないだけでなく、環境の変化にも対応できるように——やはり、食材として扱う以上は、需要に対する安定した供給は欠かせませんからね」

佐代野シェフのそんな蘊蓄(うんちく)を、聞くともなく聞きつつ、あたし達は怪々館の地下へと向かう——地下へ地下へ、蟻の巣を潜るがごとく。巨大化した昆虫とバトルすることもなく、そして大群と化した昆虫に襲われることもなく。怪々館の内部構造を知る佐代野ちゃんが、まるで虫取り名人のごとく、道案内をしてくれるからってのもあるんだろうけれど、基本的に、ガラスケースに閉じ込められた昆虫達はおとなしいものだった——昼間は活動時間じゃねーのかな? 徹底した管理が行き届いてて、それぞれの育成空間から出てくることもない……、虫同士の棲(す)み分けもできているようで、まるで冬眠でもしているようだった。どこでバイオハザードが起こってるんだ? これなら、あたし達が救出に来なくっても、昆虫博士は核シェルターになんてこもらなくても、自力で脱出も可能だったんじゃねーの？　そもそも、事故って、どんな事故だったんだ？　『暴徒』はガラスケースからどうやって脱獄したんだよ。

「今更それを訊きますか。それも、詳しくはわかりません。助けを求めたということは、自力での脱出は不可能だと判断したんだと思いますが……、機密事項が多過ぎるのも考えものですね。わたしなんかは、料理のレシピはおおっぴらに公開してしまうほうですが」

料理本でも出してんのかよ？　タイトル教えてくれよ、今度買うぜ。実を言うと今、花嫁修業の真っ最中でな。

「婚活ですか。イリアさんから少し聞いていましたけれど、似合わないことをしていますね」

似合わないことをするのが好きなんだよ。誰が花嫁よりはハナカマキリ寄りだ。

「言ってないですよ、そんなこと」

カマキリは交尾の最中にメスがオスを食うっつうよな。

「博士が教えてくれましたが、それは俗説だそうです」

なんだ。食わねえのか。

「別に交尾の最中じゃなくても食べるそうです」

……食欲旺盛でいらっしゃる。

「数の多さが、イコールで生命力ならば、鴉の濡れ羽島に招聘されていた天才達は、わたしも含め、とても弱々しい生命だったと言わざるを得ませんよね。特別過ぎて、特殊過ぎて、とても広がっていきそうもない、突然変異ばかりでした」

どうだろうねえ。お前は料理人としての才能を、会社として組織化することで、世界中のレストランに繁殖させているという言いかたもできるんじゃねえの？　それだって、人間が七十億人いるからこそ、確率的に生まれる天才の所業って感じだけどな。

「確かに、もしもわたしがここで死んでも、わたしの仕事は、まったく滞ることなく引き継がれていくでしょうね……、遺伝子のように。動き出した歯車のように。でも、それを言うならあなたこそでしょう、人類最強さん。あなたの影響力は、計り知れません」

　あたしは三馬鹿の親父どもに、人工的に作られた最強だからなー、この怪々館で育てられている昆虫と、そういう意味じゃ大差ねーぜ。想影真心って後継機もいるし。いずれにしても、人類を代表して昆虫と戦うって展開にならずに済んで、ほっとしてるぜ。

「まだ安心しないでください。もうすぐ地下の最下層に到着しますので……、バイオハザードは既に収束しているのかもしれませんが、油断はできません」

　ヘッドライトの位置を調整しながら、佐代野シェフは階段を降りる。まあ、助けに来なくてもよかったんじゃないかって、拍子抜けな感想はともかくとして、『クローゼット』さえ貸し出せば、佐代野ちゃんひとりでも、この救出劇は事足りたんじゃねーかってくらいの、ここまでのスムーズさではあった。食材のサンプルを都度都度集めながら、最短かつ最安全なルートを選んで、地下へ地下へと潜っていく佐代野ちゃんの、後ろをあたしはついていくだけだもんな。

「そうは行きませんよ。潤さんには大切な仕事があります——頑なに閉じられた核シェルターの扉を破壊するという大仕事が」

　あたしを破城槌か何かだと思ってんのか、お前は。

6

　破城槌はともかく、佐代野ちゃんが思いの外できる奴だったので、このままだとあたしの仕事がドアマンと同じ業務内容になりそうだったが、地下迷路をぐねぐねとクリアし、目的地の怪々館最下層に到着したところで、その危惧は消え失せた——あたしにはドアマンとしての役割も、残されていなかった。

核シェルターだという（実際に核に備えていたわけじゃないだろうから、これはあくまで、佐代野ちゃんの比喩だろうが）研究施設のパニックルームの、いかにも頑丈そうな、一体全体何でできてんのかもわかんねーよーな扉は、まるでシンクのスポンジみてーに、無数の小さな穴だらけになっていた。

「虫食い――？」

　侵入以降、ここまで平静な――たぶん強いて平静な――態度を貫いてきた佐代野ちゃんが、さすがに狼狽した口調で言う。いや、まさしく『虫食い』のように、シェルターの扉がぼろぼろになっている――これじゃあ、パニックルームとしての用をなすまい。換気は抜群だし、何より、人が這入るのは無理でも、小さな虫なら破れた網戸みてーに這入り放題だ。『ちっちゃいものが、いっぱいいる』――だが、どんな昆虫が、核シェルターの扉を蜂の巣状態にできるってんだ？　やっぱり蜂か？　よく見りゃあ扉だけじゃなく、その辺の壁もぷつぷつと、小さな穴がこれでもかとばかりに穿たれていた――軽く蹴れば、壁ごと向こうに倒れてしまいそうな下ごしらえだ。その穴のひとつを凝視する――『クローゼット』のフルフェイスのヘルメット越しなので、視界がいいとは言いがたいが……、んん？　ひょっとしてこれ、『掘った』んじゃなくて、『溶かした』のか？　硫酸みてーなもんで――そんな昆虫、いたっけ？　……中に這入ってみりゃ、わかることか。あたしがアイコンタクトを送ると、

「…………」

　と、佐代野ちゃんは、覚悟を決めたように、黙って頷いた――シェルターがシェルターとして機能していないとなると、もう中にいる昆虫博士、並びに研究員の連中は絶望的と言うしかねーが、だからと言って、それを確認せずにすごすご引き返すわけにはいかねーだろう。連中に着せるために持ってきた予備の『クローゼット』は単なる荷厄介になっちまったが、既に手遅れだったとしても、せめて家族に

遺品でも持って帰ってやらねーと。いや、後世に残すための研究材料でも、か？　それでこそ、昆虫博士冥利に尽きるってもんだろうからな。あたしは扉に体当たりする――破城槌のごとく。

「！　潤さん！　危ない！」

扉ごと内部に倒れ込みそうになったあたしを、佐代野ちゃんが羽交い締めするように引き留めた――危ねーことしやがる、すげー度胸だ。戦闘機械のあたしが反射的に反撃してたらどうするつもりだったんだ。だが、お陰で命拾いしたと言うしかなさそうだった。核シェルターの中は、想像以上の地獄絵図だった――いや、正しくは、『つい数時間前まで、ここは地獄だった』と言うべきか。そして地獄は地獄でも、血の池地獄でもなく、針山地獄でもなく
――

「蟻地獄――ですかね」

佐代野ちゃんが、あたしと意見を同じくした――そう、シェルター内を満たしていた昆虫は、蟻だった。誰でも知ってる、極めてポピュラーな昆虫である。暴徒と化したバイオハザードは、蟻だったのだ――大量の蟻。昆虫みてーに聞きかじったような雑学を披露すれば、地球上にいるすべての蟻の重さとすべての人間の重さは、釣り合うなんて話がある。そんな益体もないような話を、思わず思い出しちまうくらいの大量の蟻が――無限とも思える蟻が、シェルターの中には詰まっていた。そう言えば、佐代野ちゃんが出会い頭に振る舞ってくれた料理のデザートも、蟻の蜜だったっけ？　それでシェルターの扉や壁に空いた、無数の穴の正体もわかった。酸は酸でも、蟻酸である。人類の知恵と英知の行き着く先の絶対防御とも言える核シェルターを、体内からの分泌物で、蟻さん達は溶かしてみせたのだ。核シェルターの扉を破壊できるなら、ガラスケースも虫籠も、ものの数じゃーねーだろうな。蟻――その意味では、怪々館の地下に広がるこの迷路を、蟻の巣のようだと思ったことは皮肉でもあったが、シェルター

内に広がる光景は、皮肉どころではなかった。

「皮肉どころではなく——骨」

ですね、と佐代野ちゃんは、引きつったような笑みを浮かべた。実際、笑うしかない光景だった——部屋中を満たす大量の蟻が、中でも群がっているのは、奴らの宇宙みてーな黒々しさとは好対照な、白い骨だった。白骨だった。骨と言ってわかりにくければ、骸骨と言ったほうが正確だろうし——もっと言えば、人間の死体と言ったほうが、真実をついている。残酷についている。誰の死体なのか、誰達の死体なのか、考えるまでもない。……扉に穴が空いていた時点で絶望的だとは思っていたし、骨でも拾えりゃいいほうだと思っていたが、まさか本当に、そのもの骨になっているとは思わなかったし——昆虫を食材にするための研究に没頭していた連中が、逆に食べられちまってるなんて、骨までしゃぶられちまってるなんて、想像だにしなかった。だが、これはあたしの想像力が貧困だったと認めざるを得ねーぜ。人類が一方的な捕食者だなんて、思っているほうがおかしい——軍隊蟻って奴か？ その改良版か？いやいや、意図的交配だか遺伝子組み替えだかしらねーが、人間をぺろりと食べちゃうような蟻は、改悪版と言うしかねーだろうが……、一斉に食事を中断して、なんだか隊列を組み始めたように見えるけれど。

「じゅ、潤さん——あの子達、こっちを見てません？」

怯えたように、佐代野ちゃんは震える。武者震いかな？ むしゃぶりつかれそうではあるが……。一流のコックとして、昆虫を食材として見ることには抵抗はなくとも、昆虫から食材として見られることには、慣れていないらしい——くっくっく。数が増えりゃあ食糧問題が勃発するのは、人間もアリンコも変わらねーってことか。新しい食料の登場に、あいつら、色めき立ってるみてーだぜ、あたしの読心術によると。

「蟻の心も読めるんですか⁉」

ばっか、ジョークだよ。蟻に心があるかどうかもわかんねーよ。食欲があるのは見て取れるが、わかるのは今、結構な大ピンチだってことだけさ。『クローゼット』は、宇宙や深海でも活動できるほど頑強なスーツなんだが、核シェルターよりも丈夫だとは、さすがの喜連川博士も保証してくれんだろう……、五億対二くらいかな？　多勢に無勢。全力疾走で逃げても、誰も哀川潤を臆病者呼ばわりはしないよな？

「だ、駄目です。脚が竦んでしまって……」

あらま。まともで可愛くって、好感が持てるぜ。そんなお前となら、ここで終わってもいいいな。

「やめてください。そんなに付き合い深くないでしょう……、わたしの下の名前も、まだ曖昧でしょう」

んーっと、真宵ちゃんだっけ？　失礼、噛んでる場合じゃねーな。噛むどころか、全身を蟻さんに甘噛みされそうなシチュエーションなんだから。まあ、名前が不鮮明だからと言って、ここでシェフを置いてひとりなのに蜘蛛の子を散らすように逃げたら、臆病者どころじゃなくって、哀川潤もマジで終わりだぜ。じゃ、なんとかするか——おい佐代野ちゃん、ちょっとそれ、こっちにパスして。料理人なら、脚は竦んでも、腕は竦まないだろ。

「え——それって、これですか？　……どうするんですか？」

おっかなびっくり、しかし言われるがままにしてくれる佐代野ちゃん——立場逆転ってところかね。あたしはパスされた『それ』を受け取って、手の内でくるくると弄ぶ。

「……わたしの将来にかかわってきそうなのでお尋ねしたいんですけれど、潤さん、何をするつもりなんですか？」

わかってる癖に、訊いてくれるぜ。心得てるなあ、料理人は。あたしをおいしく仕立ててくれるじゃん。

「いえ、わかりませんよ。まさかとは思いますけれど……」

そのまさかだよ、食べ物を粗末にするのさ。あたしは手にした『木の実』──ハナカマキリの卵を、規律の取れた蟻の群れ目がけて思いっきり投げつけた、手榴弾(しゅりゅうだん)のように。

7

目には目、歯には歯、虫には虫で、数には数か？ 刺激を与えない限りは安全なハナカマキリの卵に、思いっきり刺激を与えて、爆(は)ぜさせてやった結果、蟻とカマキリの戦争がおっぱじまった──食うか食われるかの大戦争だ。蟻にとってはカマキリが食材で、（子）カマキリにとっては蟻が食材。食物連鎖どころじゃ済まない、絡まり合った生存競争を尻目に、あたしは佐代野ちゃんを抱えて、怪々館の地下迷路を逆走した。道案内を乞(こ)うている暇がなかったのでかなり迷っちまったけれど、その際、あちこちのガラスケースを破城槌あるいはドアマンとしてかち割って、バイオハザードを加速させることも忘れなかった。木の実一個じゃ、軍隊蟻（蟻軍隊？）を食い止めるのに心許(こころもと)なかったから、蒸木蟲子博士の采配による人工的な棲み分けを、滅茶苦茶にかき乱してやったってわけだ。そんなこんなで、昆虫博士の救出どころか、彼女がおこなった研究の成果さえしっちゃかめっちゃかにすることで、あたしと佐代野ちゃんは、這々(ほうほう)の体(てい)で、怪々館からのエスケープに成功した──またも見事に更新される、哀川潤の失敗だぜ。

「世界から飢餓をなくそうなんて、虫のいい話だったんでしょうか」

疲れ果て、悄然(しょうぜん)としている佐代野ちゃんだった──ま、そうにうまいこと言う佐代野ちゃんだった割には、料理人だけ決めつけたもんでもねーだろ。今日はたまたま、虫の居所が悪かっただけさ。こんなときはやけ食いでもしようぜ、シェフのお勧めは？ さっきからぐーぐー、腹の虫が治まらねーよ。

人類最強の
恋占い

1

あかりだかひかりだかわからない奴とてる子だかあかりだかわからない奴からせわしく急かされて、あたしとしたことがしぶしぶ予定を繰り上げる形で懐かしの鴉の濡れ羽島に上陸してみると、しかし連続首切り殺人事件は既に終結していた。解決し、終結していた。なんだよ、超がっかりだぜ。請負人としてクビになっちまったようなもんじゃねえか。こっちの落胆に構わず、はしゃいで出迎えてくれたのがイリア、赤神イリアだった——はしゃいでっつーか、はしゃいだ格好をしていた。なんだその格好。

「遊びですよ。皆さんには秘密にしておいてくださいね」

遊びねえ。その昔、妹をぶっ殺したのも遊びか？

「あれは姉にぶっ殺されるという、妹の遊びでした。わたしはあの子の、玩具でしたから」

言うねえ。適当なことを。それが真相だったらどれだけよかったか。まあどうでもいいけど。済んだことだし、済まなかったことだ。それより、せっかく来たんだから飯くらい食わせろ。そのナリだと、もしかしてお前が作ってくれるのか？

「いえいえ。料理の天才が引き続き、キッチンで働いてくれていますので。こんな目も当てられない悲惨なことになって、もう帰られてしまうかと思ったのですが、なぜかあのかた、残ってくれるそうでして」

姫菜さんは絶対に残ってくれると確信していましたけれどね——と、イリアはそんな予言めいたことを言った。姫菜さん。聞いたことある名前だったっけな？

2

テーブルにずらりと並べられたディナーは、確かに圧巻で、なるほど絶品だった。いつまでも無限に食っていられそうだったぜ……、仕事をし損ねたことに、あたしはことのほかがっかりしていたし、あたしが事件を起こすという形で当り散らしてやろうかとさえ思っていたけれど、予想以上の美食で満腹になったことで、うっかり満足したみたいな気分になった。正直、根負けして（請負人だけに）、来ると約束したものの、天才が集まるサロンだなんてい け好かねえ島を訪問するのはあんまり気が進まなかったから、いざとなればぶっちぎろうと思っていたところもあったが、なんだかんだで来てよかった。なんなら殺人犯に感謝してもいいくらいだぜ。だが、そんな寛容な気持ちでいられたのは、晩餐に同席者が現れるまでだった。

「よーほー。きみが哀川潤？　人類最強の請負人？　天才の中の天才？　初めまして初めましてー。お会いできて誠に光栄、あたしは姫菜真姫おねーさんだーよ！」

四囲を海に囲まれた島だからなのか、さながら海賊みたいな挨拶と共に現れた酔っ払いに、いい気分を台無しにされた。姫菜真姫……、どっかで聞いたことがあるような名前のような雰囲気もあったけれど、初めましてと言う以上、どうやら気のせいだったらしい。つーかこんな馴れ馴れしい奴、会っていたらまず忘れんわな。

「いやー、残念だったねー。哀川ちゃん。鳶に油揚げを攫われて。もっとも、きみが間に合わないってことは、あたしはちゃんと予知していたけれど」

あたしのことを名字で呼ぶな、そしてちゃん付けで呼ぶな。名字で呼ぶのは敵だけだし、ちゃん付けで呼ぶのはパパだけだ。

「パパね。受ける」

なんだよ、訳知り顔だな。まるで、あたしのパパが、あたしをちゃん付けでなんて呼ばないことを承知しているかのようだぜ。予知？　ああ、じゃあ、占いの天才か何かか。だからイリアは予言めいた表現で仄(ほの)めかしていたのか。ん？　超能力者？　ふうん。じゃあ心も読めるんだ。

「そういうきみも、心を読むくらいはできそうだね。未来は……、見るよりも、作るって感じ？　いずれにしても、未来や心を読まれても平然としているその佇まいは、人類最強の名に恥じないね」

にやにや笑いながら、ずけずけ踏み入ってくるこの感じ。あたしみたいで腹が立つな。あたしは少し意地悪な気持ちになって（いつものことだ）、言ってみた――占い師だってんなら、いっちょ花も恥じらうこのあたしに、恋占いでもしてくれよ。

「あはははは。『何か面白いこと言ってみて』って振られた気分だな。そうだな。占ってあげてもいいけど、条件がひとつある」

条件を出せる立場かよ。

「いや、出せるでしょ。別に監禁されてるわけでも脅迫されてるわけでもないし――監禁されてるようなものか、運命に。あたしね、二年後くらいに死ぬ予定なの……、殺される予定なの」

へえ。よくある話だな。

「うん。よくある話、よくある死。だからそのとき、よくいる犯人を突き止めてくれる？　少年にも頼んだんだけど、確答をいただけなくてね。言葉を濁されちゃってね。濁った眼で、言葉を濁されちゃってね。あたしからの最後のお願い、きいてくれる？」

やだよめんどくせえ。

3

その後、面白半分興味半分で屋敷の中をあっちこっち見回って、イリアやらメイド達やらから連続首切り殺人事件のあらましを聞き回っているうちに、ちょいと気になったことがあったので、超能力者が言うところの『少年』に会いに行くことにした。あたしの仕事をかっさらうって暴挙が何を意味するのか、教えてやらなきゃならん――ついでに、事件のもうひとつの真相も。そんなわけで、興味が余所に移ってしまったため、つい最近まですっかり忘れていたけれど、ひょんなことから思い出した。そうだ、あたしはあのとき、姫菜の依頼をすげなく断ったものの（若かったぜ）、それに構わず、あいつはあたしを占ってくれたのだった。

「きみは今年中に運命の相手と出会い、その日の内にプロポーズされるよ……、誠実なその人との間には、子供が男の子ひとりと女の子ふたり、大きな犬を飼って、幸せな家庭を築くことになるよ」

全然当たってねえじゃねえか。

人類最強のsweetheart

1

「占いなんて迷信、アテにならないですって？　じゃあいったい、何がアテになると言うのですか？　勝者の書いた歴史書かしらん？　それとも最新のインターネットとか？」

　姫菜幻姫と名乗ったその超能力者は、皮肉たっぷりにそんなことを言った——正直言って、しょっぱなからかまされたっつーか、人類最強の請負人であるこのあたしが、一本取られた気分だった。確かに、そんな風に並べられちゃあ、歴史書もインターネットも形無しだ——いきおい『確かに』とは言ったものの、その確かさなんてものが、今も昔もこれからも、現在にも過去にも未来にも、ありゃあしねえって話なんだから。

「そうとも限らないですね。確かなことがないのと同様に、この世には、不確かなことだってないんですから——すべてを知り、すべてを見、すべてを聞いた私のママが、それでもあっさり殺されてしまったように」

　そしてこの私が、ママと同じように、あっさり死ぬように——明日あっさり死ぬように、と、姫菜幻姫は、あたしが一度だけ、あの悪名高き鴉の濡れ羽島ですれ違ったことのあるこいつの母親——姫菜真姫そっくりの笑みを浮かべた。

2

　そもそも今回の依頼、つまり請負仕事が舞い込んだタイミングも、まるで未来予知でもしたかのように、ぴったりだった。その朝、あたしは名古屋の喫茶店でモーニングをいただきながら、くたびれた新聞を読んでいたのだ——なんだよ、あたしだって新聞くらい読むんだぜ。日付を見ると昨日どころか一昨日の新聞だったので（くたびれてるわけだ）、新聞ではなく古新聞と言うべきかもしれねーが、それでも新聞は新聞だ――ニュースペーパーだ。もっとも、記事の内容そのものに、そんなに興味があるわけでもない。あたしが業務上、知っとかなきゃなんねーよーなことは、新聞ではむしろ伏せられる……、だからこそ、どう伏せられているかを知ることは、まあまあ大切なわけだ。ヒツマブシならぬヒマつぶしみてーなこの行為は、幼少期、アホな父親どもに受けた苛烈で熾烈なしつけの痛々しい後遺症とも言える――三つ子の魂百までって奴かい？　同じ出来事を、複数の新聞が、それぞれどのように『記事化』しているのかを読み解く修業みてーなもんで、要するに派手なあたしの地味な特技のひとつである読心術の、徹底的な修業だ。『この文章を書いた作者の気持ちを答えなさい』なんて言うと、修業と言うより学業みてーだが、それを続けていると、ひいては歴史書を書いた歴史家の気持ちを読み解くような境地に到達する――んだそうだぜ。思い出すにつけ、字を読むことすらままならなかったロリ時代のあたしに、そんなスパルタ教育を施した三馬鹿親父を、それぞれもう百回ずつ殺してやりたくなるようなトラウマ経験だが、しかし認めたくはないなりに、世界中の新聞という新聞、ニュースペーパーというニュースペーパーを、一日千紙くらい読まされていた時代があったからこそ今のあたしがあるのだと思うと、殺すのは九十九回ずつに減殺してやってもいいというくらいには寛大になれる。A国で起きてることんな事件がB国ではぜんぜん報道されてねえ、かと思えばC国で起きていることがD国では大々的に報じられているのに、当のC国では、そんなこと知ったこっちゃねえって有様だったり――取材力の差もあれば、国家体制の違いもあるんだろうが、あたしは単純に、記者の筆力を読み解くだけだ。その意味じゃ、漫画雑誌を読むのと大して変わらん――『これは作者の意見かな、それとも読者の期待に応えているだけ？』とか、そんなことを思っていると、話を考えているのは編集者だったりして、それがアオリ文から見て取れたりする……、個人的には文章よりも絵のほうが、作者の気持ちは読み取りやすいぜ。まあ、たとえば『少年法について厳しい筆致で語る記事』を読んだときに、『この記者は少年犯罪をひどく憎んでいる』と読むのか、それとも『上司の娘が少年犯罪に巻き込まれたことを知った記者が、気を遣って書いた記事』と読むのか――前者なら議論の余地があるが、後者なら、記者じゃなく、その上司と議論しないことには、話が解決しねえわけだ。どういう気持ちで書いたのかを読むのが第一段階なら、どういう気持ちだと思ってもらおうとして書いたのかを読むのが第二段階か？　そうなるともう読み合いだよな――ま、書き手の好みが出るのは、スポーツ欄だけじゃねえってことだ。今となっては、あたしはラテ欄からも意図を読み取っちまう職業病だ。もうそれは記者じゃなくって、局の編成プロデューサーの意図を読み取っちまってんじゃねえか。

「哀川潤？　ですね？　やっほー。私は、姫菜幻姫って言うんです。相席、お願いして構わないですか？」

と、かようにあたしが最強を維持するためにちまちました努力を怠っていないことを公開したところで（嘘）、そいつは現れた――ちょうどあたしが、二日前の新聞の占いコーナーを、奇しくも読んでいるタイミングだった。占いコーナー――上述の通り、ラテ欄からさえ意図を読み解けるこのあたしが、唯一と言っていいほど、書き手の意図を判断しかねるコーナーである。昔から、占いだけは、どれだけ理屈や理論を理解しようと、信じる奴の気持ちも、占う奴の気持ちも、さっぱり意味不明なのだった。

「あと、お仕事、お願いしていいです？　私の占いによれば、あなたは引き受けるに決まってるんですけど」

3

スリムフィットなジーンズに、ブラウンでロングのカーディガンを着たその占い師は、母親譲りのポニーテールで、薄いとは言えきちんと化粧もしていたし、ハスキーボイスからも、姫菜幻姫という名前からも、一瞬、二十歳前の女の子みたいに見えたけれど、骨格から判断すると、どうも男の子みたいだった。中性的と言うよりは、明らかに女性側に寄せているけれど、かと言って女装していると言うほどでもないバランスだった。

「本名は元気ですよ。姫菜元気。あの母親にしては、まともな名前をつけたものでしょう？　姓名判断でもしたんですかね」

名古屋独特のメニュー、小倉トーストを食しながら、姫菜幻姫は、面白がるようにそう笑った——十代の浮かべる笑みじゃねえよな。まあ、もしもこいつが占い師として、母親の能力を引き継いでいるって言うんなら、その人生経験は十年やそこらじゃ利かねえか。

「おや、疑わないんですか？　突然現れた私が、あの姫菜真姫の子供だと聞いて——あの傍若無人な超能力者に隠し子がいたと聞いて、疑わないまでも、せめて驚いて欲しかったんですが」

あたしの偽物なんてのもいたからな。お前が本物だろうと偽物だろうと、どっちでもいいよ——ニセの実子だろうと、ニセの超能力者だろうと。

「です、か。どうやらいろいろお見通しらしい。じゃあ、このままお仕事の話に入らせてもらっても大丈夫でしょうか？」

ふん。ま、この新聞を読んでる間くらいは、聞いてやってもいいぜ——引き受けるかどうかは、また別の話だ。

「引き受けますよ、あなたは。私の占いで、そう出ています」

何度もそう言われると、意地でも断りたくなってくるな。テレパシーで心が読める割に、心理戦がド下手じゃねえか。

「その辺りは父親譲りでしてね。いえ、会ったこともありませんが——母とさえ、一緒に過ごした思い出なんてありませんよ。哀川さんは悲惨な幼少期を過ごされたようですが、私にはその、悲惨な思い出さえないのです」

そりゃあ自慢しちゃって悪かった。心の中でのこととは言え。三人もの父親に構ってもらってたあたしは果報者だぜ。ところで幻姫ちゃん、あたしのことを名字で呼ぶな。名字で呼ぶのは敵だけだ。

「母とは敵対的だったそうですが？」

だっけな。じゃあいいよ、名字で呼んでも。敵であることと依頼人であることは矛盾しねーよ、占い師。

「裏表がないのは、あなたのほうですねえ」

おいおい、オチっぽいこと、先に言うなよ。未来予知じゃねえだろうな？

4

予知能力がなくても察せられる通り、姫菜幻姫の依頼は、『自分の命日を予知してしまったから、その日、私が殺されないように、警護して欲しい』というものだった——十年以上前に、姫菜真姫が戯言遣いのいーたんに依頼したのと、ほぼほぼ同じ内容だな。もっとも、いーたんはそれを断ったし、実際のところ姫菜真姫は、自分が予知した命日よりも随分と巻いてぶっ殺された——鴉の濡れ羽島のイリア屋敷内の密室の中で、内臓をぶちまけて死んだ、んだっけな？　すれ違ったときにむかついたことしか覚えてねーから不確かだけど、確かそんな感じだった——まあ、うちの親父がその死には絡んでいたりするから、あんまり無関係みたいな振りをするのにも限界がある。いーたんに倣って、マジで断ってやろうかとも思ったが、母親とまったく同じ筋道を辿っている風なこの若き占い師に、多少興味が湧いたのも否めなかった。

「ママほど潔くはなれませんのでね。死なないための方策は、できる限り打ちたいのです。絶対に外れない私の予言を、もしも外せる人間がいるとするなら、それは哀川さん、あなたを措いては他にいないでしょう」

　おだててくれるぜ。あたしくらい殺され続けてきた人間もいねーけどな——ボディーガードねえ。命を狙われる心当たりでもあるのかい？

「世界中から命を狙われたことのあるあなたを前にしては、何の主張にもなりませんが、それなりに嫌われてはいるつもりですよ。これでも働き者でして。そして、私の予知は、不吉なものが多くって」

　お母さんは政治家やら王族やらを顧客に抱える占い師だったが、こいつも若くして、そんな感じで商いに精を出してるんだろうか？　高校生って雰囲気は出てないもんなあ。でも、こいつがティーンエージャーだとして、姫菜真姫の、いつぐらいの子だ？　あいつがあたしと会ったときには、三十路くらいだったはずだが……、少なくともあの時点で生まれてなきゃ、年齢感にゃあ無理があるよな？

「年齢についてこそ、あなたに言われたくはありませんがね。何歳の頃から活動している、現在何歳の請負人ですか？」

　テレパシーに基づく読心術は、楽そうでいいな。だったらあたしの年齢くらい、すぱっと当ててくれや。なんせあたしは自分の生年月日を知らねーんだから。おかげで身分証明書が作れなくって仕方ねえ。

「不吉な予知も、綺麗にかわすことができれば、大きな意味を持ちますし、事実そうやって私は、殺意をかわして来たものですが——いよいよ限界が来ましてね。八方ふさがりです。どの殺意をかわしても、他の殺意に自らぶつかりにいくような袋小路に、追い詰められてしまいました」

　ふうん。未来がわかっていても、悲劇は避けられないって奴か。むしろ避けようとすればするほど、無駄に苦しむことになる。

「ええ。苦しみました。無駄に。その末に、苦渋の決断をさせていただきましたよ——姫菜真姫を母に持つ身でありながら、人類最強を頼る、と言う」

その言いかただと、あたしを頼ることが苦渋なのか、姫菜真姫を母に持つことが苦渋なのか、よくわかんねーな。両方ってこともあるか――で、あたしだったらお前を、信心深い闇の権力者達の、八方から発砲される銃弾から、守ってやれるって予知したのかい？

「もしもそうなら、私はきっとスキップしながらこの場に現れたでしょうね。あなたは予知不可能な要素です。だからこそ、カオスを招くことができる――はずなのです」

はあん。不確定要素ってわけだ。お母さんと違って、全知全能ってわけじゃねえんだな――いや、お母さんにも、読めない未来や見えない心中、聞こえない過去からの声があるんだっけ？　あの当時の玖渚ちんの心なんて、読めっこねえもんな。あれだ、ノストラダムスの大予言が、曖昧などーとでも取れるような表現だったみてーなもんだ。ああ、今時の若者はノストラダムスなんて知らねーか？

「知っていますよ」

おお。全知全能じゃん。

「ふふふ。占い師に未来が見えるなら、どうして宝くじを買って大金持ちにならないのか――みたいな問題がありますが、どうなんでしょうね。宝くじに当選して、その結果破滅して不幸になるところまでが見えているのだとすれば、やっぱり宝くじは買わないですよね」

なるほど。まあ、宝くじを買ってる時点でかなり破滅的なギャンブル狂だから、そんな奴は金を持たないほうがいいに決まってるって言うもんな――未来が見え過ぎるからこそ、得られない幸運も、逆にかわせない不幸もあるってことか？　でも、読めない未来があるのも確かなんだろう？

「厳密に言うと、未来が読めないのは、字が書いてあるのは見えても、それが習得していない外国語だから――みたいなものですよ。見えない心中があるのは、見えてはいても、その文字の意味がわからないようなもの。過去が聞こえないのは、聞こえてはいても、聞いたことのない言語で話されているからです」

だから片言な予言になるのかよ。さしずめあたしは、宇宙人か何かか？

「あなたは地球人ですよ。人間で、人類です。私の理解を超えていると言うだけで——あなたなら私と同じものを見ても、きっとまったく違う予知をするのでしょうね」

なんか新聞記事と同じ結論になりつつあるな。占い師なんだから、占いコーナーを担当して欲しいもんだが。まあいいや、物体X扱いも未知数N扱いも、今となっちゃあ慣れたもんだ。要するに、その日一日、お前が刺客からぶっ殺されねえよう、守り切ればいいんだろ？

「ええ。ちなみに、私が予知した私の死の、全ヴァリエーションを紹介しておきますと——」

お前がどう死ぬかなんて聞きたくもねえよ。あたしが興味があるとすりゃあ、お前みてーな変な奴が、どう生きるかってことだけだ。

「…………」

5

「それで？　哀川くん。きみは『彼』をどう見ましたか？」

その日の夕方、こっちから会いに行った赤神ヘロド氏に夕食に誘われたので、こないだ友達になった（本人は認めてない）佐代野ちゃんに紹介してもらったレストランで向き合ってワインなんかを嗜んでいると、ヘロド氏——つまり、赤神イリア・赤神オデット姉妹の実父であり（ただしイリアとは長らく絶縁中）、また赤神財団の前当主である男に、前置きなく本題に入られた。まあ、アポなしで会いに行ったのはあたしのほうなので、話運びのテクに文句をつける気はねえけど、あたしのことを名字で呼ぶのは、あんたでも許せねえな。あんたを敵に回したくはねーし。

「はは。老人を立ててくれますね。しかし僕はもう、引退した身ですから。そういう意味では、『大戦争』のときのように、哀川くんの敵たり得ませんよ。世界連盟結成の際も、果たした役割と言えば、相談役みたいなものくらいでして」

相談受けてんじゃねえか、あたしをハブにする計画の――まあいいや、済んだことだし。それで？　なんだって？　『彼』をどう見たかって？　ふん。やっぱあいつが――姫菜幻姫があたしのところに来たのはあんたの差し金かよ、おじいちゃん。

「それを確認しに来てくれたのでしょうが、生憎、絶縁した娘をまたいでの奇縁ですよ。紹介したというほどでもありません。その必要もありませんから、『彼』の超能力の前では」

超能力ねえ。あんたは信じてるクチかい？　権力者やらセレブやらは、とかく超常現象を好むよねえ。

「きみを知っているのに、超能力を信じないわけにはいかないでしょう。哀川潤がこの世にいるのなら、どんな人間がいてもおかしくはない」

言われたね。お褒めに与りどうもどうも。ま、あたしが最強なのは、親の育てかたが間違っていたからなんだけど。

「そんなきみが『彼』をどう見たかが、興味深いのですよ。こうして会いに来てくれなかったら、僕のほうから会いに行こうと思っていたくらいでね。隠居の身は退屈ですし」

退屈なら娘さんに会いに行ってやったらどうだ？　お互い隠居の身なら、殺し合いにもなんねーだろ。

「ま、そのうちにね」

あたしのお節介を軽くいなして、ヘロド氏は、「で、『彼』はどうでした？」と、三度訊いてきた。『どう』ねえ。『彼』なのか『彼女』なのか――男なのか女なのかって意味で訊いてるんなら『彼』だろうけど、

『息子』なのか『娘』なのかって意味で訊いてるんなら、『娘』なのかもしれねーな。

「？」

隠し子として母親を見る視点が、息子のそれじゃあなく娘のそれみたいだってことさ——占い師としての母親を敬愛し過ぎるあまり、自身もそうあろうとし過ぎている。

「ふむ。僕が訊いたのは、あの子が本当に、伝説の占い師、姫菜真姫の子供だと思うかどうかという意味だったんですが、だとすると、きみの鑑定の結果、実子に間違いはないと？」

　あたしがそう鑑定しているんじゃなくて、あいつがあたしにそう鑑定させようとしているってところかな？　本人がそう信じているのは確かだよ。だからこそ、母親をロールモデルに、その人生をなぞろうとする——母親の実像と虚像を追おうとする。あたしがファザコンなら、あいつはマザコンってこった。

「なるほど。では、どうするんですか？」

　どうするって？

「とぼけないでくださいよ、哀川くん。きみが気付かないわけがないでしょう？　あの占い師の、自殺願望に」

　自殺願望——ねえ？　自己成就って感じだけどな。予言の自己成就って奴——自分の予言を自分で達成しちまう、有言実行。

「あの子は、あなたに守られながら死にたがっている。もっと言えば、あなたに守られているにもかかわらず、死にたがっている——母親が密室における不可能犯罪で殺されたのをなぞるように、人類最強の請負人に保護されているという、究極の安全状況で、それでも自分の予知通りに死ぬことで、母親の影を乗り越えようとしている。そうでしょう？」

　けっ。財団の長にかかっちゃ、超能力による読心術も、心理学による読心術も形無しだな。権力の帝王学は、あっさり、若者の心を見抜いちまうじゃねえの——母親の影っつーか、乗り越えようとしてるのは光だろうけどな。親の七光りって奴。

「全知全能の占い師である母親がした予言の中で、唯一、外れたと言っていい予言ですからね——自らの死に関する予言は。時期が早まっただけで、死ぬという予言そのものは的中しましたが、少なくとも百点満点ではなかった」

　まあ、予知の中で一番大切なのは、時期だもんな。それを外しちまったら、本人的には不本意だろう。一九九九年じゃなくて二〇〇〇年に世界が滅亡していても、ノストラダムスは威張れなかったに違いねえぜ。

「断っておきますが、『彼』が各方面から命を狙われているのは本当です。それをかわそうとしていることも——自殺願望はあくまで潜在的なものですよ」

　葛藤はあるんだろうね。だが、その潜在的な気持ちも、自分の気持ちだとは言えない——母親の死に縛られているだけだ。言ってることもやってることも母親のコピーなら、あいつと議論しても無駄みてーなもんだぜ。議論するなら母親が相手だ。

「既に故人でしょう」

　死人に口なしか。うちの三馬鹿親父は、死後のほうがよく喋るけどな。

「と言ったところで改めて訊きますが、どうするんですか？　殺されたがっている人物を、警護するのは至難の業でしょう——何より、潜在的にであれ無意識下であれ、死にたがっているような人間を守るのは、きみのポリシーに反するのでは？」

　年甲斐もなく、うきうきした風に問い詰めてくれるぜ。絶縁しようがどうしようが、やっぱあんた、あの娘の父親だぜ。

「ええ。親子の縁は切れても、父親は辞められるものではありませんからね。それに、島流しにされながら、今も天才達への支援を怠らないあの子を見習うわけでもありませんが、若い才能が潰れていくのを、年寄りは見たくないのですよ」

　顧客としてはね、と付け加えるヘロド氏。その辺は商売人としての才覚なのかね。信じる信じない以前に、姫菜真姫の後継者からのアドバイスは、赤神財団にとって、運営上、欠かすことのできないファクターになってるってことかい。まあ、死にたい奴は勝手に死ねってのがあたしの基本理念じゃああるんだが。

「『あるんだが』、でも?」

あるんだが、でも――あたしに守られることが『究極の安全』だなんてふざけた評価は、是が非でも覆しとかねえとな。哀川潤に命を守られることは、この世の誰から命を狙われるよりも危険なんだって、予知能力者に思い知らせてやるよ。年寄りのつもりはねーが、若い才能は未来そのものだからねえ。くっくっく。

6

それからどうしたって? もちろん、守り抜いてやった――正しくは、邪魔し抜いてやった。その日に殺されようという姫菜幻姫の予知を、外してやった。まあ、ヘロド氏はああ言っていたものの、おじいちゃんの興を削ぐのも何だったからあの席ではそこまで明かさなかったけれど、それ自体はそんなに難しいことじゃねえんだ。確かに、自ら死のうとしている人間を守り続けるのは至難の業ではある――ただしそれは、時間を限らなければの話だ。たった一日に期限を切るなら、対象がどんな死にたがりであろうと、満更できなくもねえ課題だぜ。自殺志願者を妨害するのが難題なのは、今日死なせなかったことが、明日の死に直結しちまう恐れがあるからで、その可能性が守る側を疲弊させちまうからだ――その点に関して、あたしも取り立ててこれと言った解決策を持ってるわけじゃなかったが、こと姫菜幻姫に関しては、そこは考慮しなくていい。だって、あいつは命日をきっぱり『この日』と定めちまってるんだから――偉大なる母親を超えるために、『その日』

に殺されることに、執拗なまでにこだわっているんだから。ある意味で、その日まで殺される心配はないとほっといてもいいし（おじいちゃんとディナーを楽しんでもいい）、その日さえ守り切れば、もう放っておいていい。まして自らの死に関する予言の、時期を外しちまった母親の失点を挽回しようという気持ちがあるからこそ、殺されかたにはこだわりのないあいつも、殺される日には――『命日』には、強過ぎるこだわりを持っていたわけだ。

「だったら、なんだかんだであなたにとって、取るに足らない簡単な仕事だったというわけですか？　お友達」

後日、石丸小唄からそんな風に茶化されたが、もちろん、簡単でもなかった――『その日に殺される』ってえ、渾身の予言を外させちまったら外させちまったで、『姫菜幻姫は占い師として死んだようなもの』だなんて、なめた理屈が成立しちまいかねねえ。あいつの占い師としての信用は保ったまま、守ってやらなきゃならねえ。

「命だけではなく、名誉まで守ってあげようとは、お優しいことですわ、お友達。人類最強の請負人も、随分と優しくなったものです」

ほっとけ。そう言われて嫌な気持ちにならないってのは、確かに優しくなったんだろうよ。

「十全ですわ。で、具体的にはどうなさったのですか？　わたくしの知る限り、確かに姫菜幻姫は、今も生きて、新進気鋭の占い師として大活躍中のようですが」

ふん。お前がそうやって訊くってことは、もう想像はついているんだろうに。要するに、予知した『命日』――つまりは『今日』をすっ飛ばしちまえば、殺されることもなく、予言が外れたことにもならないってこったよ。『昨日』から『明日』に向けて、一足飛ばしのひとつ飛びができれば、万々歳ってわけだぜ。これが本当の解決編だな。

「いえ、想像を超えて来ましたよ。『昨日』から『明日』に向けて、一足飛ばしのひとつ飛び？　タイムマシーンでも使うのですか？　お友達、ミヒャエル・エンデを読んだことは？」

　はてしなく読んだことがあるっての。『檸檬』だっけ？

「『モモ』ですわ。『檸檬』は梶井基次郎ですわ。日本文学の誇りですわ」

　ああ、そうだっけ。ミヒャエル・エンデは日本人と結婚してるから、そこんところがこんがらがっちまったぜ。

「はてしないですわね。なんでそれを知ってるのに『檸檬』と間違うんですか。過去と現在と未来のたとえ話は、国語の教科書にも書いていましたわよ、お友達。昨日から、今日を飛ばして、明日には行けませんわ。亀の歩みのごとく、一歩ずつですわ」

　過去と現在と未来か。姫菜真姫が知り尽くした三要素だが、でも、あたしは『ひとつ飛び』とか『一足飛ばし』とか、比喩で言ったわけじゃねえぜ。ゼノンのパラドックスじゃねーんだから。

「ゼノンのパラドックス。そちらも亀の歩みですわね」

　あいつ自身、予知を世界の言語にたとえてくれたからな、言っちまうと、その時点でもう多少は閃いちゃいた。確かだとか不確かだとか言うなら、占いや歴史書やインターネットと同じように、『時間』だっていい加減、不確か極まるもんだろうよ。

「人によって体感時間は違うという奴ですか？　あなたがいつまでもお若いように。ゾウの時間とネズミの時間のように。あるいは、アインシュタイン博士の相対性理論いわく『ストーブの上に手を置いた一分は、デート中の一時間に匹敵する』――」

　絶対的にも、時間なんてテキトーなもんさ。あたしが言っているのは、『今日』の定義は、世界の土地土地で違うって話――地球には時差ってもんがあるからな。

「時差から逃げるように――『今日』から逃げるよ

うに、東から西へと、西へ西へと、ひたすら逃げ続けるという算段ですか？　それはむしろ、過去へ過去へと――昨日へ昨日へと、後ろ向きに逃げているようにも見えますが、しかし、それにも限界はあるでしょう？　それで地球を一周してしまえば、逆に早めに『今日』に到達してしまうでしょう。地球には、日付変更線というものがあるのですから」

　誰も『今日』からは逃げ切れませんわ――と、ある種哲学的なことを言う大泥棒だったが、そんな哲学が通じるあたしじゃねえよ。誰が地球を一周するって言った？　あたしは『ひとっ飛び』するって言ったんだぜ――地球を、裏側から表側にな。

「瞬間移動でもなさったのですか？　お願いですから、日本からブラジルに向けて穴を掘ったなんて言わないでくださいましね。まあ、球形の惑星に裏も表もありませんが……、あなたならしかねませんわ」

　それだって一瞬じゃあとても落下しきれねーだろ。もう答を言っちまうと、あたしはあいつを、北極につれていったんだよ。

「ほ――北極？」

　ほれ、お前がさっき言った、日付変更線だよ。太平洋のど真ん中辺りにある――時差って奴をリセットする、経度１８０度のライン。その線から東っかわは『昨日』であり、その線から西っかわは『明日』なわけだ。おわかりかい？

「……日付が変わるその瞬間に、ジャンプしてそのリセットラインを、東から西に向けて飛び越えれば、『昨日』から『明日』へと、タイムスリップできる――なんて、はてしないことを仰るのですか、お友達（ディアフレンド）？」

　実際はてしねーよ、宇宙の果てみてーな話だからな。だけど理屈で言えば、おおつごもりの夜、日付が変わる瞬間にジャンプして、『年が変わる瞬間、自分は地球にいなかった』と言い張るのと同レベルのシンプルな技法じゃあある。西半球の十二月三十一日の二三時五九分五九秒に、日付変更線を越えれば、東半球に着地する頃には、一月二日の〇時〇分〇一秒って感じだぜ。

「……それなら別に、わざわざクライアントを北極にまで連行する必要はないのでは？　日付変更線が走る経度180度上なら、どこでもよいということになりますわ」

言ったろ？　日付変更線はほとんど海の上を通ってやがんだよ。そんなところで精密なジャンプなんてまず無理だ——船ってのは、大きかろうと小さかろうと、水に浮いている以上、波には左右されちゃうからな。左右——この場合は、『東西』かねえ？

「だから経度180度上でも、陸地のある北極というわけですか……、しかし、その理屈なら、南極でもよいのでは？」

南極はあれでも大陸だからな、いろいろ時間に関する細かいルールがあるんだよ。船よりは安定感があるとは言っても、厳密には陸地じゃなくってあくまで海に浮かぶ氷のカタマリであるところの、北極をセレクトするのは、理屈っぽいあたしにしてみりゃあ当然の配慮さ。

「どこが理屈っぽいんですか……、やっていること、理外なほどに滅茶苦茶ですわ。あなた、ぜんぜん丸くなんてなっていないじゃありませんか。しなさいな、反省を。そんなわけのわからん理由で北極なんて連れて行かれたら、予言も予知も無関係に、人生観変わりますわよ。ターゲットの命を狙う刺客にしたって、まさか北極まで、追おうとはしないでしょうしね——自殺願望も他殺願望もまとめて凍りつく解決編ですわ。まことにもって、十全ですわね。地球をなんだと思ってるんですか」

人の命は地球よりも重いって言葉を地で行っただけさ。ほら、奇しくもお前がさっき言っていた通りだぜ。地球に裏も表もねーだろう？　占い師の予知通りのオチってわけさ。グローバルなあたしのスケールまでは、どうやら読み解けなかったみてーだがな。

人類最強の
JUNE BRIDE

1

超能力者で超占い師で超嫌な奴だった姫菜真姫の娘（だったか、息子だったか）、姫菜幻姫の依頼を、あたしにしては珍しく真っ当に完遂して以来、あの若者に妙に懐かれちまった——若者をからかうのは嫌いじゃねーんだが、あたしは基本、人付き合いにおいては迷惑をかける側の人間なので、向こうから追い回されるってケースは意外とレアだった。なにせ母親から予知能力やらテレパスやらを引き継いでいる（という触れ込みの）二代目占い師である、どこへ逃げても追ってきやがる。

「おや、潤さん。奇遇ですね」

と、たまたまを装って、あたしの行く先行く先に現れるもんだから始末が悪い——今日もまた、あたしが滞在中だった未来都市・上海のホテルに、ひょっこり姿を現しやがったぜ。とろみちゃんやみよりちゃんの可愛げが懐かしい。

「そんなことを言わないでくださいよ——もとい、思わないでくださいよ。今日は潤姉さんの喜びそうな情報をお持ちしたんですから」

そういう如才なさも可愛げがねえって言ってんだよ——もとい、思ってんだよ。あたしが喜びそうな情報？　いつからてめえは情報屋になったんだよ。

「あはは。情報屋ですか。それって超能力者には、占い師より天職かもしれませんね——潤姉さん」

あたしのことを潤姉さんと呼ぶな、姉さんと呼ぶのは——ぷに子ちゃんだけだってか？　一応あいつは『妹』だったからな。けっ。助けるんじゃなかったぜ、てめえなんか。てめえの予言通りに殺されてりゃよかったんだ。今あたしが一番喜ぶ情報は、天才占い師ジュニアの姫菜幻姫ちゃんがまたぞろ自分の死を予言しちまったってグッドニュースだよ。

「そう酷いことを言わないでくださいな。憧れなんですよ、お姉さんって。名字で呼んでいるわけじゃないからいいじゃないですか、潤姉さん」

　こたえねえなあ。へらへらして、下手に出ている割に、一歩も譲りゃしねえ。珍しいタイプだ。案外、情報屋よりも天職なのは、哀川潤係かもしれねえな。まさかそんな奴がいようとは。で？　あたしが喜びそうな情報って？　いいだろう、テストしてやるよ。てめえがどれだけあたしのことを理解しているか。あたしが喜ばなかったら、今日は帰れよ。今日はこれから上海蟹を食いに行くって仕事が入ってんだ。

「それはさすがにプライベートでしょうに。じゃあ私の情報がお気に召しましたら、ご相伴に与らせてくださいよ――潤姉さんは、ＡＩってご存知ですか？」

　姉さん呼ばわりはまだしも、旧世代扱いは勘弁願いたいぜ。ＡＩくらいは知ってるよ。人工知能だろ？　なんだっけな、その昔、デジタル探偵って奴と戦ったことがあるぜ――必要な捜査資料を読み込ませれば、一発で犯人を特定してみせる、文字通りの思考機械。あれから随分と経つが、まだ開発は続いているのかな？　さすがにそろそろ実用化されてる頃かもしれない。

「デジタル探偵ですか。これは、全知の占い師であるはずの私が、教えられてしまいましたね。技術というのは、ある日突然生まれるものではないようです――それに倣って言うなら、私が今回、潤姉さんにご紹介しようと考えていたのは、デジタル予言者ですよ」

　デジタル予言者？

「ええ。私の商売敵というわけですね。この間、潤姉さんは、私が予言した私の死を、見事に回避させてくれましたが――そのＡＩ、デジタル予言者は、これまで百パーセントの確率で、人の死を予告しているんです」

　…………。

「あまり興味なさそうですね。やはりあなたは、根本的に占いを信じておられないご様子だ。でも、この場合は占いと言うより統計学ですよ。あなたがどれだけ埒外な、人類最強の請負人でも、テレビや新聞で報道される、天気予報を参考にしないってことはないでしょう?」

はん。降水確率みたいな感覚で、人の死を予告されても挨拶に困るぜ。統計学……、だが、そう聞かされると、どうもデジタル探偵とは、基本的に趣を異にするタイプのAIって感じだな。あくまであれは、『名探偵』を機械で再現しようという画期的な試みだった——だが、そのデジタル予言者とやら、別に『占い師』を再現しようとしているわけではないらしい。むしろ——根絶しようとしている。

「むしろ、根絶しようとしていますね。まったく。ええと——血液型占いは、あまりアテになりません。少なくとも、十二星座占いよりは。十二星座占いは、生まれた月や季節という、環境ごとに分類する占星術ですからね——傾向が揃いやすくなる」

それを言うなら血液型占いだって同じだろ。A型はA型らしく、B型はB型らしく育てられる傾向にあるから。

「ちなみに潤姉さんは何座の何型ですか?」

心を読んで当ててみろよ。

「あなたの心は読みにくいんですってば。こうやって滞在先を突き止めてストーカーまがいのことができるのは、あなたの周囲から、あなたの動きを推測しているに過ぎません。具体的には、長瀞とろみさんや因原ガゼルさんや軸本みよりさんの動きから、潤姉さんの行動を推測できるわけです」

そいつら哀川潤係が避けている場所に、あたしがいるってわけだな。嫌われ者は辛いぜ。あたしは王座の万能型だよ——それで?

「それで、とは?」

それで、デジタル予言者とやらに、いったい何の問題があるんだ? 統計学で、人の死を予言するAI——それだけ聞くと物騒じゃあるけれど、天気予報みてーな感覚で致命的な危機を予告してくれるってんなら、願ったり叶ったりじゃねえか。降水確率が百パーセントなら、傘を持てばいい。台風が来るなら不要不急の外出は控えて、この夏一番の猛暑になるなら、クーラーをつければいい。あらかじめ未来がわかっていれば、死も致命も、避けようがあるだろう。

「避けられないから百パーセントなんですよ。デジタル予言者に死ぬと予言された人物は、絶対に死ぬんです——日時や死に方に、多少の誤差はありますが、『死亡する』という予告が外れたことは、これまで一度もありません」

一度も。何回中一度も?

「二十万回中一度も、です。私は、母親譲りのこういう性格ですから、ぺらぺら気安くしゃべっちゃっていますけれど、だから結構真面目(まじめ)な話なんですよ、これ——統計学で、つまり方程式で人の死が導けるようになったら——人間の寿命がデジタルで予言できるようになったら、世界が一変すると思いませんか?」

遺伝子を解析すれば、将来どういう病気にかかるか、そのリスクがわかるみてーなもんか?

「少し違いますが、でも、似たようなものかもしれません。結局、リスクを宣言するのなら、同時にそのリスクを回避する方法も提示しなければ、いい占いとは言えないのですから。大凶のおみくじにだって、多少の希望は書いてあるものでしょう——デジタル予言者には、その可愛げがない」

可愛げのないお前に可愛げがないって言われるならよっぽどだ。でも、回避できない絶対性って言うと、お前の占いと一緒なんだけど。

「私と言うより、私のママと、一緒ですかね。違いは、私のママはそんな絶対性を揺るがせるために、酔いどれの占い師になったという点でしょうか——機械は、その融通(ゆうずう)が利(き)かない」

あのキッチンドランカーっぷりに、そんな泣かせる裏事情があったとはね。普通の酒好きに見えたけども。

「そんなわけで、占い師業界でも、その機械化の波に、どう対応するべきか、意見が割れていましてね──新しい占いの形として認めるべきなのか、それとも既存の占いを滅ぼしかねない敵と認め、徹底抗戦すべきなのか。書籍に対する電子書籍みたいなものですよ」

くっくっく。電子書籍は、さすがにもう、書籍の一形態として受け入れられた感じだけどな。ドクター・コーヒーテーブルも喜んでやがんだろ。でも、どっちかっつーと、囲碁とか将棋とかのボードゲームが直面している問題のほうに近いんじゃねーの？コンピューターが棋士よりも強くなっちゃったら、人間同士の戦いに意味はあるのかって奴。

「あるとは思いますけれど、印象が変わってしまうことは認めざるを得ないでしょうね。徒歩で世界中を旅するバックパッカーに、『飛行機に乗ればいいのに』と言うようなものです。電子書籍に話を戻すなら、もしもＡＩが統計的データに基づいて書く小説が面白ければ、小説家は存在する意味があるのか、職人の伝統工芸になってしまうのか──とか、そういう議論も昨今熱を帯びますよね」

いつの時代も尽きない議論だとは思うがね。ワープロが登場したときには、『手書きでないと心は通じない』なんて言われてたわけだし。

「ワープロってなんですか？」

全知の占い師が、ワープロを知らねえのかよ。つくづくジェネレーションギャップを感じさせてくれるぜ。活版印刷発明の際も、グーテンベルクさんは同じようなことを言われてたんだろうな、たぶん。

「メールやSNSもしかりですよ。そんなんじゃ『心は通じない』──そもそも心が通じることなんてあるんですかね？　テレパシーが使えても、滅多に感じることのないニュアンスですよ」

歴史は恐ろしいほど繰り返すな。ワンパターンどころかマンネリだぜ。で、てめえはどっちなのよ？　革新派？　それとも守旧派？

「これでも業界では若くして立場のある身でしてね。私の決断が、その後の情勢を左右しかねないと思うと、下手に占える状況ではありません――そんなわけで、潤姉さんに助けを求めに来たのです」

このあたしに、そんなぽんぽん助けを求めに来る奴も、てめえくらいのもんだぜ。そういう性格を見ると、やっぱりあの嫌な女の実子なんだって気がするよ。

「私の出自を未だお疑いですか。通じませんねえ、心」

百パーセントの確率で、人の死を予言するＡＩ――というその触れ込みだけ取り上げると、なんだかＳＦ小説的なディストピアを思わせて、確かにわくわくするところもあったけれど、まあ興ざめすることを言っちまえば、百パーセントの確実性のある情報のみを、そのプログラムは弾き出しているという意味でもあるんだろう。いい加減なことは言わないわけだ。ネットワークに接続し、世界中の電子データを……、それこそ、個人レベルのメールやらＳＮＳやらを収集し、統計を取る。名探偵よろしく、それらのデータから意味を見出す必要なんてない――名探偵どころか、人間っぽく振る舞う必要さえない。結論だけ導き出せばいい。１＋２は３というとき、１の意味や、２の概念や、３の価値を考えなくていいのと同じだ。

「極論、デジタル予言者が示す『死の宣告』は、平均寿命や、術後の生存率を示しているのと同じ、医療データみたいなものなのですが、その精度が上がり過ぎると問題にもなります。『もしも明日死ぬのなら、みんな今日をもっと必死に生きるはず』だなんてよく言われますけれど、私やママがそうだったように、死ぬ日をはっきり認識してしまうと、普通は無気力になってしまいますよね。全知の身でこんなことを言ってしまうのは傲慢かもしれませんけれど、知らないほうがいいこともあるんです」
あたしは最強でないほうがいいと思ったことはねー
けどな。まあ、助けを求める若者がいるのなら、是
非とも力になってやりたいところだけれど、具体的
に何をすりゃあいいんだ？　そのデジタル予言者を
ぶっ壊せばいいんだ？
「ハードではなくソフトですからね。潤姉さんお得
意の力業でも破壊は不可能です。バックアップが取
られまくって、複数のプログラマの手元に存在して
いますから。潤姉さんにはおなじみの、ER3シス
テムや四神一鏡の下にも」
あらま。だとすると、あたしこと破壊神の本領が
発揮できそうにないな。電脳世界は、玖渚ちんのフ
ィールドだけれど、どうなのかね。今更ホワイトハ
ッカーって柄でもないだろうし、どちらかと言うと、
あいつはそういうテクノロジーの推進派っぽい。一
線は退いているとは言え、元『死線の蒼』としちゃ
あ、占いなんて迷信よりも、システマティックを推
進しそうだぜ。
「時代の流れは止められませんし、止めようとも思
いませんが、ならばわざわざ推進しなくともいいと、
私なんかは思います。むしろ用心するべきかと——
心するべきかと。どうせ訪れる進化なら、慌てる必
要はない。進化の速度を落としたほうが安全だと、
私は思うんです」
進化の特徴のひとつが、『後戻りはできない』っ
てことだから、か？
「はい。なので、力ではなく、知恵をお借りしたい
んですよ。私の予言の成就を妨げた潤姉さんならば、
デジタル予言者の『死の宣告』を、回避する手段も
思いつかれるんじゃないかと。私個人と言うより、
占い業界を救うと思ってお願いしますよ」
おばあちゃんの知恵袋みたいに頼られてもなあ。
占い業界を救わなきゃって使命感にかられてもねえ
し——てめえの言う通り、占いそのものについちゃ
あ、あたしは否定的だしな。それだったらむしろ、

てめえ個人のために考えてやったほうが、まだしもモチベーションが上がるぜ。

「では、引き受けてくださる？」

条件がひとつある。上海蟹が一番うまい店を占ってくれ。

2

回避できないネガティブな予言をする意味があるのかという哲学的試問に対する答は、まあ、意味はあるで正解なんだろうぜ——デジタル予言者の機能に、現時点で問題があるとすれば、その予言対象がランダムだということだ。確実に死ぬことが判明した人間を教えてくれるだけで、具体的な個人がいつ死ぬのかを、教えてくれるわけじゃない——つまり、特定の個人が、己の死期を知らないでいる権利を侵害する。それは何も、デジタル予言者に限った話でもないだろう——現代社会は、知りたいことを知らないままでいるという贅沢が、とても難しい。許されないと言ってもいい。なんでも簡単にネタバレされるご時世だ——どんなミステリーにも答が用意されていて、裏事情も簡単に把握できる。いや、それが悪いってわけじゃねえんだが、やっぱりそれが悪くないのは、そんな知見を拒否する権利があってこそのものだろう。『知る権利』と『知らない権利』は表裏一体で、戯言遣い風に言うなら、教養とは強要されるようなものじゃねえ——無知は罪でも、周知が無罪なわけじゃねえ。理想的なことを言うなら、そのデジタル予言者は、自分の死期を知りたい人間がログインしたときに、その個人の死期だけを教えてくれるシステムであれば、問題がないんだろう。だが、そんな適材適所な『人間らしさ』こそ、デジタル的にもっとも必要のない、不確定要素でしかない——進化に意志は関与しない。インターネットや携帯電話の出現は世界の有り様を、マジでSF的に変えちまったが、作り手は別に、『こんな風になる』

と予想していたわけではないように——天才が作った技術を、世界がどのように運用するかは、コントロールできない。あれだ、ゲームの裏技みてーなもんだ。あとは、あたし自身がそういう奴でもある——『世界を終わらせる、最強の人間を作ろうぜ』なんてアホがトリオを組んだ結果、あたしみてーな『娘』を生んじまった。それが人類最強の請負人なんて形で結実するとは、親父達は思ってもいなかっただろう——それが原因で、親友同士だった三人が仲違(なかたが)いし、いかにも同じ日に死ぬことを誓ってそうな三人が、バラバラに死んじまうエンディングに辿(たど)り着くことになることも。まあ、再三言うように、それが悪いってわけでもない——あんまり慎重になり過ぎると、膠着(こうちゃく)状態、均衡状態に陥(おちい)って、技術進歩に繋(つな)がらないことも事実だ。そんな停滞はゆっくり滅んでいくのと同じだ。よくも悪くも、考えなしがやり過ぎたお陰で、世界は進歩してきたって現実もある。使いかた次第では、デジタル予言者は、今でも十分、使いようはあるだろう——誰それが、いつどこでどういう風に死ぬのだとわかっていれば、本人にとってはどうしようもないことでも、本人の周囲は対応できる。生前贈与みてーな話とか。それに、開発が進めば、応用も利く。今は（開発者の考えなしの悪意なのか、それともそれがこの世で一番不可逆なものだからなのか）『人の死』しか予言できないというデジタル予言者も、もう少し大規模に、ひとりやふたりじゃない、大量の人間が一度に死ぬ、災害クラスの悲劇を予言できるようになれば、たとえそれが不可避の予言であったとしても、トリアージやダメージコントロールのしようはある。だから、問題なのはあくまで速度だ——規制ではなく自制だ。これが自主規制にまで至ると、また別の問題になっちまうからややこしい。ややこしいから、あたしは考えない——あくまであたしは請負人。頼まれたことを粛々(しゅくしゅく)と執行するだけだ、って、どの口が言ってやがんだか。そんなわけで。

3

そんな依頼を受けたこともすっかり忘れていた数週間後、あたしがオーストラリアでカンガルー肉を食べているところに、占い師の娘だか息子だかの姫菜幻姫ちゃんが、ひょっこりと現れた——というか、今回は先回りされていた。ったく、こいつのストーキング行為から逃れるためには、月にでも逃げねえと駄目だな。

「潤姉さん、この間はありがとうございました。おかげさまで、デジタル予言者の件は、首尾良く運びましたよ」

なんのことだっけ？　と言う前には、さすがに思い出していた——ああ、あの件な。どうなったんだ？　その後。正式な仕事ってわけでもなかったから、特に気にしてなかったけれど。

「酷いなあ。上海蟹をおごったじゃないですか」

おごるというなら平家蟹もおごって欲しかったもんだがね。オーストラリアでは、さしずめマッド・クラブか。

「協定が結ばれましたよ。デジタル予言者については、極力、使用を控えると。少なくとも開発がもう少し進むまでは。こともあろうに、哀川潤が苦言を呈したというのは、やはり影響力が違いました」

そういう影響力はなるべく行使したくねーんだが、くくく、ここはうまく利用されちまったな——友達同士のアドバイスを政治的な意見みたいに使うとは、酔っ払いだったママと違って幻姫ちゃんは、それなりに世渡りが上手らしい。一目置かずにはいられねーや。まあ、あたしのアドバイスを曲解したわけじゃねえんだし、文句はつけられない——あたしが上海蟹を食いながら『呈した苦言』は、『デジタル予言者に予言させるな』だった。

「『デジタル予言者が導き出した予言自体が、新たなデータとして判断材料に組み込まれ、未来を決定づけちまってんじゃねーの？』でしたっけ？　プラシーボ効果や予言の自己成就とは、また違う観点でしたが、影響力の大きなあなただからこその、説得力のあるご意見でしたよ」

声帯模写のプロとして言わせてもらうと、あたしの物真似はぶん殴りたくなるほど似ていなかったが（ぶん殴りたくなるくらいむかついたんだから、ひょっとしたら似ていたのかもしれない）、まあ、そんなことを言ったのは確かだった——人の死を百パーセントの精度で予言する占いは、イコールで百パーセント人を殺す予言。思いつきみてーなもんだったが、世界を一変させるような、少なくとも業界に激震が走るような新技術の開発は、それ自体が未来を決定づける要因になっちまうって話だ。いつだったかとろみちゃんだったかに指摘された通り、人類最強の請負人というありかたは、あたしが当初の製作意図通りに、『世界を終わらせない』ための予防措置になっている——同様の措置が、あらゆる新技術には必要じゃないのか？　なぜなら、これは極論でも曲解でもなく、あたしが勝手に言っているだけでもなく、デジタル予言者の予言は、それだけで一種の殺人兵器としての働きを持ちかねない——A型の人間がA型っぽく育つ以上の影響力で、デジタル予言者に『死の宣告』を受けた者は、『死ぬ』っぽくなりかねない危険性がある。それが素晴らしく卓越したAIであればあるほど、その予言内容がデータ全体に及ぼす割合も増すわけだ——データ全体に占める割合も増すわけだ。逆に言えば、デジタル予言者が予言をしなければ、ビッグデータからその割合が、その比率で、ごっそり削除される……つまり、結論が変わる。未来が変わる。名探偵自身が事件の誘発要因になったり、あるいはヒーローの存在がヴィランを生んでしまったりするようなものだ。鶏が先か卵が先か——『どっちもおいしい』じゃあ、解決しねーよな。

「『なので、デジタル予言者の「死の宣告」を回避させたければ、そもそも予言させなければいい』——ですか。百パーセントの予言は、それで百パーセント回避できる。占いを生業とする者にしてみれば、コペルニクス的転回でしたよ。反論もありましたけれどね。『予言しないことで、その強力なデータが統計に加わらないことで、誰かが死ぬかもしれないじゃないか』って。そこで私がどう反々論したと思います？」

うるせえ死ねって言ったんだろ？

「言いませんよ。そちらは我々、現職がなんとかするべき問題でしょうと言いました。説得力はあったようですよ？　実際に私は、予言の自己成就を回避したばかりでしたからね。それも潤姉さんのお陰ですが」

結論として、デジタル予言者は、ＥＲ３システムや四神一鏡が出資して作る新団体で、共同開発されることになったそうだ——まあ、新たなテクノロジー、可能性の芽を完全には摘まずに済んだことは、言祝ぐべきだろう。

「改革派も守旧派も、どちらも良識派で助かったと言うべきでしょうね。起動スイッチを押せば誰かが死ぬようなアプリは、誰も使いたがらないということかもしれません——もっとも、これが、特定の個人を殺しうるプログラムだったとすれば、殺人兵器として再開発されることになるかもしれませんがね」

そのときはあたしが動くよ。ちゃんとした仕事として取り合ってやっていい——ただ、願わくば、違う方向性を持った予言ＡＩになってもらいたいところだな。

「違う方向性って、たとえばどんな？」

さあな。大安吉日みてーに、結婚式の日取りでも決めてくれたら面白いんじゃねーの？　人の死じゃなくて、人の幸せを、確定的に予言してくれるＡＩなら、愛に溢れていると言えなくもねーだろうよ。あたしは日程が定められた幸せなんてまっぴら御免だがね。

人類最強の PLATONIC

1

宇宙人だの月の石だのガス状生命体だの人魚だの植物だの本だの音楽だの超能力だのを相手取って暴れるのは楽しくて仕方ねえが、それもこう立て続けになってくると、そろそろ人恋しくなってくる——人間が恋しくなってくる。あたしの原点はそこだし、また、SFチックな展開が当たり前になっちまうとまずそうだと、人類最強の本能が告げている。誰に言われたことだか忘れたが、自分が人間だってことを忘れねえようにしねーとな。そんなわけで、あたしは時間を作って古い友人、京都府警捜査一課課長、佐々沙咲どのを訪ねることにした。ねーねー、なんか面白い事件ない？

「面白い事件なんてありませんよ。事件はすべからくつまらなくあるべきです」

誤用じゃないね。そしてお呼びじゃなかったかね。

「なんです、哀川さん。急に名探偵としての本分を思い出したのですか？」

あたしのことを名字で呼ぶな、名字で呼ぶのは敵だけだ——名探偵ね。そういうわけでもないんだけれど、たまには普通の犯人ともいちゃつかんといかんと、襟を正したわけだぜ。プラトニックな初心に帰るって奴だぜ。できれば殺人鬼とか超常現象とかが絡まない奴がいいんだけれど。社会派希望。ほら、あたしってジャーナリズム精神に溢れてるから。

「社会派って。あなた以上に反社会的な名探偵はいないでしょうに——その上で面白い事件って。それもそれでジャーナリズム精神なんでしょうが」

まあ、生真面目なお前が面白くないと感じるような事件だったら、あたしにとっては面白い事件かもしれん。お前の困惑した顔が好物だから。

「さいですか。そういうことでしたら、現在一件だけ、頭を悩ましている殺人事件がありますよ——捜査一課課長として、どう対処したものか、非常に困惑しています」

そう、それ。そういうのだよ。お前のそういう顔が見たかったんだ。もう帰ってもいいくらいだ。

「名探偵としての本分を忘れまくりじゃないですか。まあ、本来この依頼は、戯言遣い(ざれごとづか)の坊やに放り投げようかと思っていたくらいなのですが」

お前、まだあいつのこと、戯言遣いとか呼んでるのかよ——いや、それはいいんだけれど、坊やのほうが、本人は嫌がるかな。もうとっくに成人してんのに。

「私から見れば、いつまでも坊やですよ。そこが好感の持てるところですしね。でも、潤(じゅん)さんが気になるようなら改めますが？」

いや、愉快極まるわ。そんないーたんの仕事を横取りするってのも、久し振りな感じでわくわくするぜ。うん、人生の先輩として、若い芽は摘(つ)んでおかねえとな。摘んでれって奴だ。

「そんな悪逆なツンデレがありますか。……それではこちらをご覧ください」

そう言って沙咲どのがタブレットを操作し、画面に映し出した捜査資料は、果たして、一枚の写真だった。

2

明らかに他殺体と見える、女子高生の写真だった——純白のセーラー服を着ているので中高生と推定でき、体格と骨格からして、中学生ではなく高校生だと思われる。ただし、人相は確認できない——木の根元で、両手首を縛られ、両足を投げ出すように死んでいる彼女の顔面は、痛々しいほどに陥没(かんぼつ)しているからだ。スマートな凶器で殴打されたとは思えないその傷口からは、尋常じゃない量の出血がなされている。その出血量だけでも十分に失血死に値するだろう——滴(したた)り落ちるその血が、首元にかかったロープを濡(ぬ)らしていた。首元にかかったロープ——

女子高生の細い首を一周しているそのロープは、彼女の柔肌に深く食い込んでいて、ただでさえ細い首を、更に半分くらいの円周にまできゅうっと押さえ付けている。気管や血管のみならず、食道まで締め付けているんじゃないかという徹底ぶりは、そのままロープで首を切断しようとしたんじゃないかとしか思えないほどだ……、少女の首に、並々ならぬ執着でもあったのか？　いや、犯人の執着は、特に頸部に集中したものではない……、実際、頭部を執拗に殴打していることもあるし、また、首から下に、決して何の興味もないわけではないのは、心臓に深々と刺さった杭が証明している。杭……、まるで吸血鬼退治でも企んだかのごとく、女子高生のセーラー服のスカーフ、その結び目を貫くように、杭が突き刺さっている。たぶん、背中をもたれさせている木の幹に、そのまま突き刺さっているのだろう……、でないと、両足を投げ出したあの形で、姿勢を維持できるわけもない。まるで昆虫採集の標本のように、木に磔にされているわけだ——真っ白で清らかな制服に、血塗られた無骨な杭が痛々しい。吸血鬼と言ったが、あんなもんをぶっ刺されたら、あたしだって一回は死ぬことになるだろう——いや、それは顔面への殴打や、執拗なまでの首絞めに関しても同じことが言える。つまり——この女子高生は、三回も殺されている。首を絞められて、頭を殴られて、心臓を突き刺されている。

「さすがですね、潤さん」

あん？　何がだよ。こんな可哀想な女子高生の悲惨な死体を、平然と分析できるタフな感性がか？

「あなたの感性をタフだと思ったことはありませんよ。どころか、人類最強の感性は、誰よりもデリケートだと思っているくらいでしてね」

へいへい。古い付き合いの友達は、そういうとこにゃ厳しいよな。じゃあ、あたしの何がさすがなのさ？

「今、仰ったでしょう？　首を絞められて、頭を殴られて、心臓を突き刺されている――って。どうして三回も殺されているこの女子高生の殺された順番を、いともたやすくお当てになられたのです?」

?

「普通はこの写真を見せられたら、まず頭を殴られて、それから首を絞められて、最後に心臓を刺されたんじゃないかと思いそうなものです――上から順番に。どうしたって顔面の殴打痕が一番目につきますし、かつ、それが一番、単純な手順ですからね。あるいは、まず心臓を刺されて、頭を殴られ、首を絞められたのだと――これも効率的です、まず対象の動きを固定するというのは。どちらにせよ犯人は女子高生の死体をいたぶる下衆な精神の持ち主ということになりますが……、下衆だからと言って、頭を使わないわけではありませんからね」

ああ、そういうことね。いや、なんとなく直感的にそう思っただけなんだけれど……、なんでそう思ったのかな? まあ、一応説明してみるか。えーっと。

「頼りない名探偵もいたものですね。直感を後付けで推理するなんて」

ほっとけ。てめえの推理に確信が持てるまでは推理を口にしないなんてタイプの、慎重な名探偵じゃねーんだよ、あたしは。迂闊な発言をしまくるぜ。

……ほら、杭で心臓を貫いてるのが、一回目の『殺害』じゃないってのは、なんとなくわかるだろ?

「『なんとなく』を禁止してもいいですか?」

了解。だって、出血多量の顔面や、杭そのものと違って、女子高生のセーラー服は純白で綺麗なもんじゃねえか――あたし好みの赤じゃない。つまり、心臓を貫かれているにもかかわらず、出血はほとんど見られないってわけだ。要するに、これは死後に刺されたんだってことだよな。心臓が刺されたのは、心臓が止まったあとだ。つまり、少なくとも撲殺か、絞殺かの後におこなわれた犯行ってことだぜ。

「できるじゃないですか。論理的な説明も」

褒められると照れちゃうぜ。ついでに言えば、杭そのものは血塗られているって点が気に掛かるかな――ひょっとしてだけど、心臓に突き刺さっているこの杭が、顔面を殴打した凶器でもあるんじゃねーの？　そうじゃなくても、これが犯人の血じゃない限り、顔面の出血があってから、心臓を刺したという推理の成立する余地がある……、撲殺が刺殺に先行するという推理の。

「嫌になるほどご明察ですよ。ええ、この杭が、まさに顔面殴打の凶器です。抜き取ってみると、被害者の歯が付着していたので、まず間違いないでしょう」

えぐいねえ。凶器は杭であり、棍棒かよ。

「もっと言えば、杭であり、棍棒であり、木の枝ですね――この写真には写っていませんが、被害者がもたれかかっているこの木の枝を、へし折って凶器にしたものです」

マジでか。最近、植物を相手に戦ったばかりだけれど、人間のほうが怖いな。人間が一番怖いじゃねえか。そんなもんで人を殺そうと思うかよ。

「植物と戦ったという、興味を抑えきれないエピソードはまた次の機会に聞くとしまして、続きをお願いしてもいいですか？　刺殺よりも撲殺が先行すると予想した理由はわかりましたが、撲殺と絞殺の順番は、どうやって定めたのです？　今のところだと、絞殺は刺殺のあとかもしれませんよね？」

なんかめんどくせーな。思ってた感じと違うぜ。もう帰ってもいいか？

「駄目です。機密の捜査情報を知ったからには、謎を解くまで、家には帰しません」

家なんかねーよ。そう、だから、心臓の傷口に対して、顔面の傷口から、血が出過ぎだって思ったんだよな。いくらなんでも、出血多量過ぎるぜって。ここまで血が出る前に、普通は死ぬだろ。

「死ぬでしょうね。失血死の前に、ショック死します」

つまり、殴打されているとき、女子高生の頭部は特殊な状態にあったんじゃないかと類推できるわけだ――頭に血が上った状態だったって。よっぽど怒っていたのか、それとも。いいい、いいい。

「それとも、顔面が過度に鬱血(うっけつ)していたか――ですか。首を絞められ、血管が圧迫されるか何かして」

「そゆこと。張り詰めた水風船みたいなコンディション下で殴られりゃ、通常以上に出血することもあるだろうよ――つまり、撲殺よりも絞殺のほうが先でなきゃならない。追加情報も付け加えてまとめると、犯人はロープで女子高生の首を絞めてから、木の枝で女子高生の顔を殴って、その木の枝を女子高生の心臓に突き刺したってわけだ。……女子高生に何か恨みでもあんのかね？

「あるいは。それを現在、捜査中です――どうして犯人は、こうも執拗に、ひとりの女子高生を三度にわたって、殺し続けたのか。それが謎です――どうです、面白くないでしょう？」

3

面白いか面白くないかはさておいて、あたしの挨(あい)拶(さつ)代わりの推理が、沙咲どのにとってあまり意味がないのは確かだった――写真を見ただけで殺しの順序を言い当てたのは、我ながらまぐれ当たりもいいところだったが（こんなもんを実力と思うほど、間抜けでもない）、それは普通の科学捜査でも余裕で特定できる範囲内のことだからだ――傷の状態やら血液の凝固やらで、撲殺と絞殺と刺殺が、どういう順番でおこなわれたかを特定することは容易であるし、そっちのほうがあたしの勘よりよっぽどアテになる。沙咲どのの言う通り、問題は、犯人がどうして、そんなことをしたのかだ――一度目の殺人の時点で、つまりああも力強く首を絞めた時点で、被害者の死は、どんな素人(しろうと)のどんな初犯者でも、確信できたはずである。『念のためにとどめを刺した』と言うには、あまりに執念的だ……、ただごとじゃない。懐かしき澄百合学園の生徒が相手だって言うなら、これくらい殺し続けねえと死なないんじゃねえかって気もするけれど。

「普通の学校の普通の女子高生ですよ」

普通の学校の普通の女子高生ねえ。女子高生って感覚が、あたしにはまずわかんねーんだよな。ガッコなんて通ったことねーし。どんな感じなんだろうな？

「地獄ですよ」

お前の学生時代にいったい何があった。

「あなたと出会いました、潤さん」

そうだっけ。お前とは生まれたときから一緒にいる気がしてならねーぜ。ま、こんな風に殺されちまうんじゃ、確かに地獄だな……、容疑者の候補はいるのかい？

「具体的な候補はいませんね。部活にも所属しておらず、学内での交友関係もそう広いほうではなかったようですし、少なくとも、ここまでするレベルで被害者を恨んでいる誰かがいたとは思いにくいです」

うっかり事故で殺しちゃったってレベルじゃねーもんな。ところで今、『具体的な』って言ったな？つまり、抽象的な犯人像は描けているってことかい？

「おや、先程の意趣返しですか？」

お聞かせ願いたいね、名探偵ならぬ名刑事の名推理を名一同として。

「名過ぎるでしょう。名一同ってなんですか、おひとりですし。それに、これは推理でもプロファイリングでもありませんよ。私は、犯人は、筋肉質で背の高い、比較的若い男性だと推測しています」

隠館厄介か？　あたしもあいつが怪しいと思っていたぜ。いかにも女子高生を殺しそうなイメージだ。よし、今すぐ逮捕に行こう。あたしが直々にとっちめてやる。

「誰ですか、それは」

なんでそう思うんだ？

「凶器は、女子高生がもたれかかっている——釘付けにされている木の、写真に写っていない枝だと言ったでしょう？　つまり、そんな高い位置から生えている枝を、犯人はへし折って凶器にしたわけですから」

　相当な高身長だと予測できるわけか。二メートル近くの巨漢か？　ますます隠館厄介だな。

「知りませんよ、そんな人は。背が高いだけではなく、腕力もそれなりに求められますね。ご覧の通り、杭と見まごうような枝っぷりですから——それをへし折るとなると……、少なくとも女性の細腕では不可能です」

　確かに、あたしの細腕では無理かもな。

「この想定には、あなたをモデルケースに含んでいません。あなたは人類の例外です」

　傷ついてやろうか。でも、道具を使えば可能なんじゃねえか？　脚立に乗って、斧かなんかで枝を切れば。

「もちろんその通りですが、しかしあらかじめ道具を用意するような余裕があるのなら、木の枝なんて原始的な凶器を、使用するとは思えません。極端な話、斧を持っているのなら、その斧で女子高生の首を刎ねればよいのですから」

　そりゃそうだ。でも、ロープはあらかじめ準備していたんだろ？　首を絞めているロープと、それから、手首を縛っているロープ……、このふたつのロープは同じものか？

「ええ。ただ、相当に古い縄と言いますか……、傷み具合、汚れ具合から推測して、どうもその辺に落ちていた縄という感じですね。雑木林の立ち入り禁止区域に使われていたような……」

　ん？　事件現場は立ち入り禁止区域なのか？

「ええ。まあ、名所と言いますか——それこそ中高生が肝試しに利用するような、心霊スポットになっていまして」

　ふうん。そんなところで、女子高生がそんな奇妙な殺されかたをしちゃあ、ますます霊を呼び込んじまいそうだな。

「おや、潤さん。いつから幽霊を信じるようになったのですか？」

あー、幽霊とはまだ戦ったことなかったっけ？ でもまあ、宇宙人や人魚がいるんだから、幽霊だけはいないってことはないか。じゃあ犯人は幽霊だったってことにして、この話、終わる？

「どんな『じゃあ』ですか――幽霊に手錠はかけられませんよ。まあ、そんな場所だったからこそ、警邏中の警察官が、比較的早めに……つまり、腐敗して、目も当てられなくなる前に、死体を発見することができたわけです。とにかく、木の枝にしろロープにしろ、犯行に使われた道具は、すべてあり合わせのそれだということです……、もちろん、可能性をとことん追求するなら、脚立や斧を用意した小柄な老婆を犯人と想定することもできますけれど」

幽霊より怖いな、その老婆。

「手を伸ばせば手頃な枝に手の届く、背の高い、腕力のある若い男性が犯人だと推定するのが、妥当だと思います」

じゃあやっぱり隠館厄介だ。あたしにはこの事件の真相が最初からわかっていたぜ。あいつを捕まえよう。

「なんでそんなにその人を逮捕したがるんですか。……木の枝を折ること以上に、女子高生の首を、そこまできつく絞める腕力も、なまなかならぬものがあるでしょうね。怨恨や執念以上に、この犯行には、シンプルな腕力が必要です」

なるほどね。参考までに……、犯行現場はここで間違いないのか？ どっか余所で殺されて、この立ち入り禁止の雑木林とやらに運び込まれたってことは？

「ありません。生前、誘い込まれたのか、それとも連れ込まれたのかはわかりませんけれど、死後に運び込まれたという線はないです。女子高生が死亡したのは、この木の根元、その付近で間違いないと思われます――木の根元ごと移送されてきたと言うなら、話は別ですが」

　それはもう腕力云々の問題じゃなくなってるだろ。巨漢じゃなくて巨人が犯人になってくるぜ。つまり、木の根っこ付近の土に、たっぷりと血液が染み入っているってわけだ……、どんな生長するんだろうな。

「折られた枝が、すぐ生えてくるかもしれませんね」

　とんだ心霊現象だな――まあ、犯人像が想定できたところで、やっぱり謎は残るぜ。どうして、筋肉質で背の高い、比較的若い男性は、ひとりの女子高生を三回も殺さなくちゃならなかったのか。……三人がかりって線はねえのか？　つまり、三人の犯人が、それぞれ、別の殺しかたで女子高生を殺そうとした――いや、ないか。

「ありませんね。撲殺と刺殺が、事実上同じ凶器でおこなわれている以上は。あって、ふたりがかりでしょうね――手首を縛って、首を絞めた犯人と、顔面を殴って、心臓を突き刺した犯人。これだって、後者を担当した犯人が、なぜひとりを二度も殺したのかという疑問を、解消してはくれませんが」

　…………。

「？　どうされましたか、潤さん。急に静かになって」

　今なんと仰いました？

「それもたぶん違うキャラの台詞でしょう？　知らない人の声帯模写を、予告なくしないでくださいよ。あなたの最近の交友関係を、私は存じ上げていないんですってば」

　いつでも紹介してやるぜ。

「遠慮します。あなたの友達は、私の友達じゃないです。あなたが静かになった理由をお聞かせください。私にとっては、心霊現象以上の怪奇ですよ」

　これこそ意趣返しだよ……、『顔面を殴って、心臓を突き刺した』はいい。さっき議論を戦わせた通り、そういう順番でおこなわれただろうぜ。だけど、前者――『手首を縛って、首を絞めた』に関しては、まだあたし達は検討してねえんじゃねえのか？　どうしてそう決めつけた？

「それは――なんとなく？　あ……」

　禁句をてめえが言っちゃってんじゃねえかよ――でも、そうだ、『なんとなく』、そう思う。あたしだって。首を絞めてから手首を縛る意味は、まあねえよな――手首を縛る目的は、普通、抵抗を封じるためなんだから。だけど――もしも、その順序が逆だったなら、どうなる？

「どうなるって――先に女子高生の首を絞めて、それから女子高生の手首を縛る理由が、もしも犯人にあるとしたら――」

　あるとしたら――それで事件解決だよ、沙咲どの。

4

先に首を絞めて、それから手首を縛る理由が犯人にあるとすれば事件解決――そう言ったものの、より正しくは、犯人に『ない』とすれば事件解決だと言うべきだったかもしれない。その辺の言い回しは、まあ、戯言遣いの坊やの仕事に残しておくとして……、仮に思考実験として、犯人が首を絞めてから手首を縛ったとしよう。理由はともかく、そうしたとして――その行為にどんな意味があるか、だ。言うまでもなく、死者の手首をロープで縛る意味は、元より皆無と言っていい。いくらその辺に落ちていたようなものだとは言っても、そんなのはロープの無駄遣いもいいところだ――だが、その無駄遣いこそが目的だったとしたら、どうだろう。無駄にロープを使用することが目的だった――つまり、ロープを『余らせない』ことが目的だったとするなら。写真を見る限り、首を絞めたロープと、手首を縛ったロープは、同一のもので――じゃあ、同一どころか、元々は同じ一本のロープだったとは考えられねえか？女子高生を絞殺するには長過ぎたロープを、適度な長さに切断した――そうしてできた『余り』のロープを、手首を縛ることで綺麗に使い切った。

「ですから……、使い切らなきゃならない理由が、ないでしょう？　ロープが短ければ、そりゃあ困るでしょうけれど、長くて困ることはないでしょうし」

そうでもねえだろ。過ぎたるは及ばざるがごとしってな。実際、お前がもしも、絞殺死体を前にして――首に残ったロープ両端の片一方が、不自然なほど長かったら、どんな風に思う？

「片一方がですか？　両方がじゃなく？」

そう。両端の片方だけが余っている。

「それは――それでは、まるで」

そうだよな。それでは、まるで首吊り死体のようだって思うよな――澄百合学園のことをクビツリハイスクールなんて言ってたけれど、何もそれは、あの頓狂な学園だけの専売特許でもなかろうよ。

「でも――えっと」

事件現場を名所だって言ってたよな？　でも、それって何の名所なんだ？　心霊スポットとなるような名所が、観光名所とは思えないぜ――自殺の名所ってことなんじゃねえの？　見回りが強化されていたのは、中高生の肝試しを監督するためじゃなくて、自殺の予防を目的としていたんじゃねえのか？

「……女子高生は自殺だったと言うんですか？」

自殺だったとしたらって話だ――あたしは通ってないから知らんけど、学生生活が地獄なのも、お前の専売特許じゃねえだろう。それに、自殺だと考えれば、さっきお前が想定した犯人像を崩すことができるぜ。

「とりたてて崩してほしかったわけじゃないんですが――でも、わかりますよ。手を伸ばしても届かないような木の枝を折る方法は、屈強で巨漢の男性の腕力に頼る以外にも、方法はありますからね――十代の女子高生でも、全体重をかけて『ぶら下がれば』、『ぶら下がり続ければ』、そこそこの太さの枝まで、折れるかもしれない」

折れるときにゃあ、とっくに息絶えているとしても、な。脚立を使ってないのなら、ぶら下がるときには、ちょっとした木登りが必要になるけれど――まあ、殺してー奴を追い回している最中ってわけでもねーし、じっくりと時間をかけりゃ、高みに到達できるだろう。

「落下するための高みですけれどね。ん？　えっと……、じゃあ、どうなるんです？」

どうなるって、何が。

「だからこれ、誰かが女子高生の首吊り死体を、他殺体に偽装した……ってことになるんですよね？」

そう。だから犯人は、殺人犯じゃなく、死体損壊犯ってわけだ――そう考えると、三回殺されている理由もわかるだろう。単純な多数決の問題だよ。絞殺痕だけだと、ロープに工作したところで、やっぱり場所が場所だけに自殺を疑われるかもしれない――だから、そのひとつの要素に、ふたつの要素を付け足した。ひとつの自殺に対して、ふたつの他殺を。一対二の、殺人多数決。

「撲殺と刺殺――負荷がかかり過ぎて、たわんで折れた木の枝を、その際の凶器に利用したのは？」

死体のそばに不自然に折れた枝が落ちていたら、『たわんで折れたんだな』って思われるかもしれねーじゃん。どこか遠くに持って行って処分するってのも危なっかしいし、仮に首尾良く処分できたとしても、死体の真上を見上げたとき、真新しい『折れ目』があったら、やっぱ不自然だろ。勘のいい奴なら、そこから察するもんもありそうだぜ。だから、できればロープの切れ端とおんなじで、自然に再利用したいところだったんだろ。

「雑木林の中だけに、エコ精神というわけですか――棍棒や杭なんて野蛮な凶器を利用した裏には、そんなおどおどとした計算があったとは。……ひとりが三回殺された謎に関しては、その通りだとしても……、でも、何のために犯人はそんなことを？　殺人犯ならぬ死体損壊犯の、目的がわかりません」

女子高生の自殺を他殺に見せかけたい理由なら、いくらでも思いつくんじゃねーの？　ひとりを三回殺す理由よりは。自殺の原因を作った奴が、それを誤魔化すためにそうしたのかもしれねーし、逆に、そんな原因を作った奴に対する告発として、女子高生の数少ない友達がやったことかもしれねー。生徒から自殺者が出たなんて道義的責任を問われたくない学校がしたのかもしれねーし、あとはあれか、第一発見者のおまわりさんってえ意外な犯人も、想定できなくはねえだろ。そういうことが起きないように見回っていたにもかかわらず、自殺の発生を防げなかったことを咎められるのが嫌で。一番可能性が高いのは、肝試しに来た中高生の、面白半分の悪戯って線だったりして。

「面白半分……、ですか」

と、沙咲どのは深くため息をつく。

「つまりあなたと一緒ですね、潤さん」

だな。あたしは面白全部だけど。

「でも、だとしたら、期待外れだったんじゃないですか？　結局のところ、こんな人間の小細工に付き合わされて——子供の頃に夢中になった漫画を大人になってから読み返しても、『あれ？　こんなもんだったかな？』と思っちゃうのと同じで、懐古的なノスタルジィにかられて、殺人事件みたいな『昔はまった遊び』を解決してみても、結局、宇宙人や人魚、はたまた植物みたいな、怪物を相手に遊んでいるほうが、ずっと楽しかったでしょう？」

　そうでもねえさ。人間が一番怖いし、人間が一番面白い——人間が一番、恋しいよ。

あとがき

　幸せになるために『強さ』はどれくらい必要なのか数値化せよという問いを、試みに立ててみます。仮に『強さ』イコール『パワー』だとして、ミサイル級のパンチ力を備えた人間を想定します。まあ哀川潤ですが、そうでない人でも、みんながそういうパワーを備えていたとして、どういった事態が予想できるかと言えば、ミサイルが発明されない事態でしょう。必要がないので。ミサイルが発明されないのであればそれに越したことはないとも言えますが、でもミサイル技術と言うのは、宇宙開発だったり、建設的な工事だったりにも応用はできるわけで、逆にミサイル級の腕力は、そういう繊細な作業には向いていなさそうです。はんだ付けをする人類最強が想像できますか？　同じようなことは知力にも言えて、人間が量子コンピューター並の処理能力を備えていたら、量子コンピューターが生まれる理屈がありません。なくていいもの。生まれないのは量子コンピューターだけでなく、公式や定理も、生まれないかも……、そんな風に『わかりやすく』する必要がなくなり、謎を『難しいまま』、総当たりで解けるので……、先んじてクレジットカードが普及した地域ではキャッシュレスが普及しづらいとか、そんな論理でしょうか？　まとめると、『強さ』がなくても幸せになる方法は無限通りにあるということになりそうで、本シリーズでの哀川潤は、そっちのルートを歩んでみたのだろうと思ったりします。ミサイル級のパワーを持ちながらミサイルを発明する人類の存在も論理的には否定できないし、実際世の中には似たようなケースもないわけではないのですが、強くても弱くても幸せになれるというのは救いのある話です。強くても弱くても不幸にもなりかねない怖さもありますが。

というわけで最強シリーズの四冊目で、確かなことは言えませんけれど、戯言シリーズのアニメ化が進行していた頃に『メフィスト』に掲載していただいた短編が含まれているのだと思います。なので懐かしいキャラクターとの再会もある、エンドクレジット後のボーナストラックという感じでしょうか。そんな感じで『人類最強のsweetheart』でした。

もちろん今回も、カバー&ピンナップは、竹さんに描いていただきました。哀川潤もさることながら、佐代野弥生さんの現在の姿を見られるなんて、小説は書くものですね。ありがとうございました。最強シリーズはこれで完結ですが、更なる展開の予告を、オマケに巻末に封入しておりますので、よろしければそちらも、最強にご覧ください。

西尾維新

巻末予告

人類最強のhoneymoon

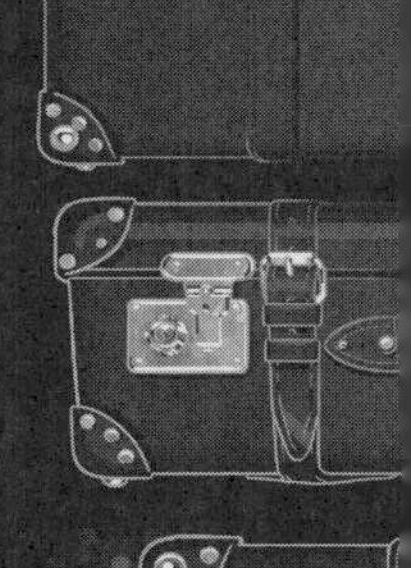

000

「おや友達（ディアフレンド）。お出かけですか？　荷造りなんてなさって。十全ですわ。今度はどちら方面に、世界を救いに行くのです？」

ついてくんなよ、プライベートだ。干されていた反動で最近働き過ぎだったからな、しばらくは休暇だぜ。目的地は特に決めてねーけど、まあとりあえずは近場をぶらぶらしてくるわ。オーストラリアとか。

「オーストラリア、そんなに近場じゃないでしょう。月にまで旅行されたあなたにとっては、極地でさえ、隣近所の極致なのかもしれませんが……でも、十全ですわ。人類最強のmidlife crisisなんて。どうぞ、コアラの写真を、インスタにアップしてくださいな」

コアラ？　へー、オセアニアにはそういう景勝地があるのか。シドニーとかキャンベラとか、ダーウインとかには前に行ったことがあるんだけれど、コアラって場所には行ったことがなかったな。

「こ、コアラを知らないんですか？　どうやって今までの人生で、コアラを回避し続けてきたのですか、お友達（ディアフレンド）。絶対何かで見たことがあるはずですわ。ほら、灰色の動物で」

灰色の動物なんぞ、灰色熊（グリズリー）くらいしか知らん。んん？　カンガルーは動物の名前か？　島の名前か？

「それはどちらもありますが。ちなみにダーウィンは人間ですわ、お友達（ディアフレンド）」

ダーウィンは知ってるよ、いくらなんでも。進化の頂点として。

「人類最強は進化の頂点と言うより横道ですわ、お友達（ディアフレンド）。隘路とも言えますわ、行き止まりとも。実際の話、たとえどんなに強くても、コアラを知らないのであれば、生きている意味なんてないでしょう」

そこまで言われるようなことなのかよ。仕方ねえ、だったらお土産に持って帰って来てやるよ。

「絶対にやめてくださいな。スーパー国際問題になりますわ。あのクォッカでさえ、笑顔がなくなるような」

　クォッカが笑わなくなるってよっぽどだぜ。天下の大泥棒の台詞でもねーな。

「なんでクォッカは知ってるんですか」

　憧れるだろ、世界一幸せな動物なんて。最強に意味がねーとは思わんけれど、最幸（さいこう）も最高だよな。

「むしろあなたはタスマニアデビルですわ、お友達（ディアフレンド）。絶滅が見えているという観点でも」

　絶滅が見えているのは人類も同じだろ。観点っつーか、そっちは観念だがな。勘弁してほしいもんだぜ。コアラとやらについてもうちょっと説明しろ、身柄を攫って来るのに情報が足りん。トランクに入る大きさか？　名前からすると、たぶんゴリラみたいな動物なんだろうが。

「絶対するなと言われたことに、なんでこだわり続けるんですか。コアラとゴリラの字面が似てるなんて、コアラを知らないからこその発想ですわ。コアラはユーカリの葉を食べるのですわ、お友達（ディアフレンド）。ちなみにユーカリは有毒ですわ」

　有毒？

「有毒である上に、消化もしづらい、食えない相手ですわ。誰も食べようとしない栄養のない有毒な植物を主食とすることで、生存競争の外に出たわけですわ。空を飛ぶことで争いから逃れた、恐竜の子孫のように。最強を極めたのちも戦い続けているどこかのあなたとは大違いですわ」

　どこかのあなたって。お前の友達は目の前にいるだろ、ぶっ殺すぞ。

「友達を殺そうとするなんて、まったく友好的ではありませんわ。その好戦的な心を、コアラに癒してもらってきてくださいな。今ならまだ、抱っこできる都市もあるそうですから……、いえ、取り消します。コアラをゴリラが抱き潰しても、スーパー国際問題ですわ」

　誰がゴリラだ。あたしとお前の問題にしてやろうか。

「新婚旅行をハネムーンと言いますが、人類最強の請負人にはアースのほうが、お似合いなのかもしれませんわ、お友達（ディアフレンド）。再び月へと追放される前に、あちこち都市を見ておくのもよいでしょう。手始めにまず、コアランドから」

　ああ、羽根を伸ばすぜ。地球のコアまで、芯食ってくる。

人類最強のヴェネチア

西尾維新

See you
next time
in Venice!

2020年秋刊行予定

講談社

初　出

人類最強のlove song・・・・・・「メフィスト」2016 VOL.3

人類最強のXOXO・・・・・・「メフィスト」2017 VOL.1

人類最強の恋占い・・・・・・『アニメ「クビキリサイクル　青色サヴァンと戯言遣い」解体新書』

人類最強のsweetheart・・・・・・「メフィスト」2017 VOL.2

人類最強のJUNE BRIDE・・・・・・「メフィスト」2017 VOL.3

人類最強のPLATONIC・・・・・・「メフィスト」2018 VOL.1

巻末予告　人類最強のhoneymoon・・・・・・書き下ろし

定価はカバーに
表示してあります

人類最強のsweetheart

二〇二〇年五月七日　第一刷発行

KODANSHA NOVELS

著者—西尾維新

発行者—渡瀬昌彦

発行所—株式会社講談社

東京都文京区音羽二-一二-二一
郵便番号一一二-八〇〇一

編集　〇三-五三九五-三五〇六
販売　〇三-五三九五-五八一七
業務　〇三-五三九五-三六一五

本文データ制作—凸版印刷株式会社

印刷所—凸版印刷株式会社　製本所—株式会社若林製本工場

N.D.C.913　122p　18cm

ISBN978-4-06-519765-3

西尾維新
初の
クロスオーバー小説集、好評発売中！
シリーズの垣根を越えて
ヒロイン達が、
阿良々木暦と対面!!
Illustration
渡辺明夫

混マゼモノ物ガタリ語
これぞ夢の
コラボ！
コラボ！
コラボ！
青春は、混ぜたら危険か知りたくて。
定価:本体1850円（税別）
KODANSHA BOX

西　尾

定価：本体各1300円（税別）

西尾維新・著作リスト

戯言シリーズ イラスト／竹

『クビキリサイクル 青色サヴァンと戯言遣い』
『クビシメロマンチスト 人間失格・零崎人識』
『クビツリハイスクール 戯言遣いの弟子』
『サイコロジカル（上） 兎吊木垓輔の戯言殺し』
『サイコロジカル（下） 曳かれ者の小唄』
『ヒトクイマジカル 殺戮奇術の匂宮兄妹』
『ネコソギラジカル（上） 十三階段』
『ネコソギラジカル（中） 赤き征裁 vs. 橙なる種』
『ネコソギラジカル（下） 青色サヴァンと戯言遣い』

人間シリーズ イラスト／竹

『零崎双識の人間試験』
『零崎軋識の人間ノック』
『零崎曲識の人間人間』
『零崎人識の人間関係 匂宮出夢との関係』
『零崎人識の人間関係 無桐伊織との関係』
『零崎人識の人間関係 零崎双識との関係』
『零崎人識の人間関係 戯言遣いとの関係』

最強シリーズ イラスト／竹

『人類最強の初恋』
『人類最強の純愛』
『人類最強のときめき』
『人類最強のsweetheart』

「きみとぼく」本格ミステリ イラスト／TAGRO

『きみとぼくの壊れた世界』
『不気味で素朴な囲われた世界』
『きみとぼくが壊した世界』
『不気味で素朴な囲われたきみとぼくの壊れた世界』

伝説シリーズ

『悲鳴伝』
『悲痛伝』
『悲惨伝』
『悲報伝』
『悲業伝』
『悲録伝』
『悲亡伝』
『悲衛伝』
『悲球伝』
『悲終伝』

りすかシリーズ イラスト／西村キヌ

『新本格魔法少女りすか』
『新本格魔法少女りすか2』
『新本格魔法少女りすか3』

JDC TRIBUTEシリーズ

『ダブルダウン勘繰郎』 イラスト／ジョージ朝倉
『トリプルプレイ助悪郎』 イラスト／のがるわこ

戯言辞典 イラスト／竹

『ザレゴトディクショナル 戯言シリーズ用語辞典』

『ニンギョウがニンギョウ』

『少女不十分』 イラスト／碧風羽

『りぽぐら！』

講談社NOVELS